幻の将軍

御庭番の二代目16

JN075510

時代小説

二見時代小説文庫

目次

第一章　お鷹狩《たかが》り　7
第二章　奇才源内《げんない》　59
第三章　疑わしき人々　114
第四章　山師とべら坊　173
第五章　謎の落命　225

幻の将軍——御庭番の二代目16

江戸城概略図

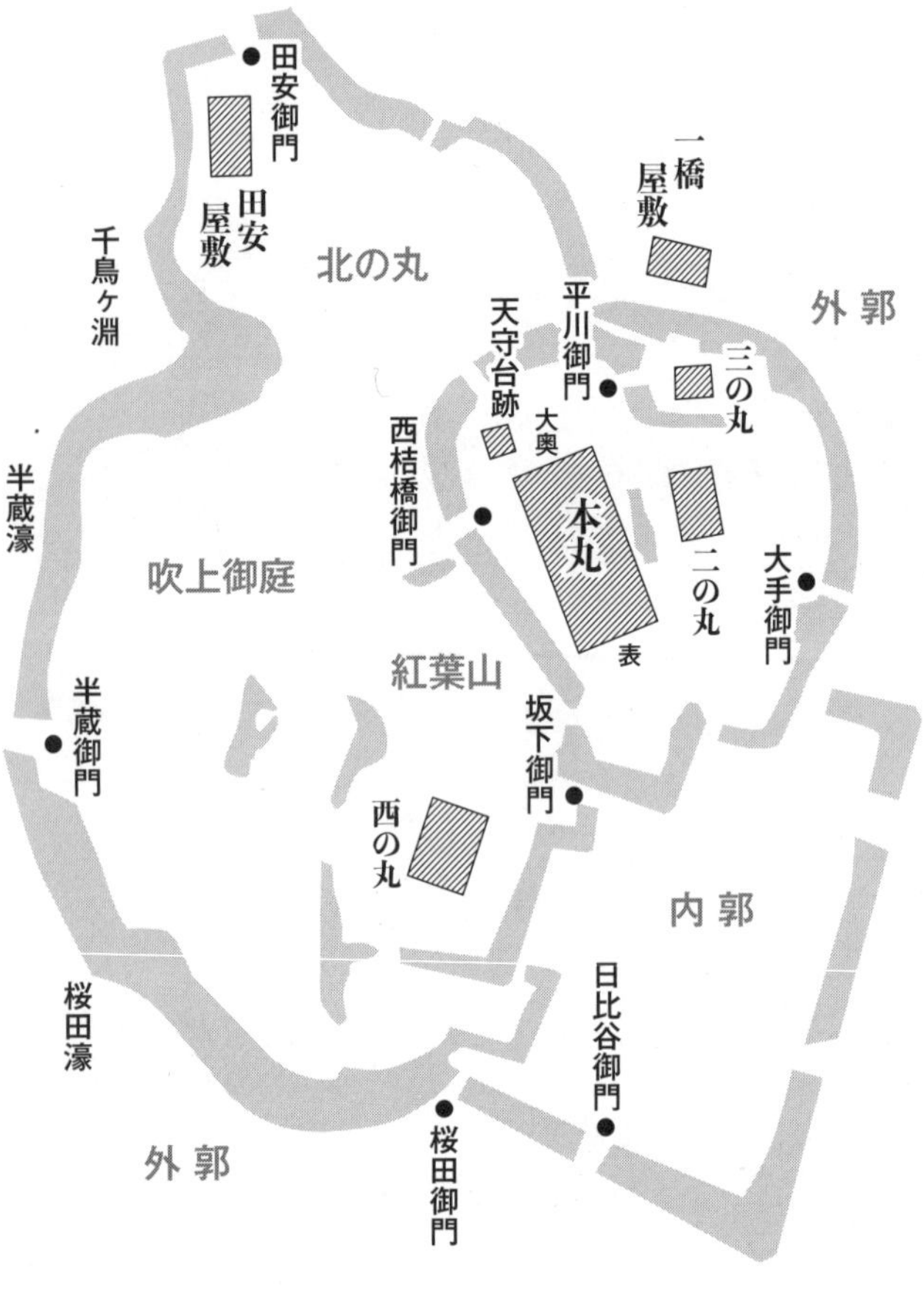

田安御門
田安屋敷
千鳥ヶ淵
北の丸
一橋屋敷
外郭
平川御門
天守台跡
三の丸
大奥
西桔橋御門
半蔵濠
本丸
吹上御庭
二の丸
大手御門
表
紅葉山
半蔵御門
坂下御門
西の丸
内郭
桜田濠
日比谷御門
桜田御門
外郭

第一章　お鷹《たか》狩《が》り

一

「あ、鴨《かも》」

草太郎《そうたろう》が振り向き、顔を上げた。羽音とともに、数羽の鴨が空へと飛び立った。一月の空は、まだ冬の名残《なごり》で澄んでいる。

傍《かたわ》らにいた父、宮地加門《みやぢかもん》も顔を巡らせる。

「下から追い立てたな」

そう言いながら、加門は少し離れた場所に目を向けた。

馬上の将軍徳川家治《とくがわいえはる》が、拳《こぶし》を上に差し上げ、

「それっ」

と、声を放つ。

革で覆《おお》われた拳《こぶし》の上から、鷹《たか》が勢いよく飛び立った。鷹は宙を切って、鴨の群れへと向かって行く。

「あっ」と、草太郎が声を洩らした。鷹が一羽の鴨に追いついたのだ。

草太郎が父を見ると、加門はすでに背を向けて歩き出していた。

慌ててあとを追いながら、息子は父を横目で見つつ、そっと声をかけた。

「父上は、狩りはだめですか」

む、とひと息呑んで、加門は薄い苦笑を浮かべた。

「なまじ医術など学ぶと、命は救うべし、という思いが染みついてな、命が奪われるのを見るのはどうも、居心地が悪い」

草太郎は、息を吐いて小さく頷《うなず》いた。

「よかった、実はわたしもです」

息子の言葉に、ふっ、と加門は口元を歪《ゆが》める。

「お役目であれば、人を斬ることもできるのだがな。だが、草太郎、このようなことは、口にしてはならぬ。そのように顔に出してもいかん。お鷹狩りは将軍家にとっては大事なたしなみだ」

あ、と草太郎は慌てて口元を押さえた。

　加門は苦笑を呑み込んで息子を見る。

「まあ、上様《うえさま》の御側《おそば》には御家来衆が大勢いるからな、我ら御庭番《おにわばん》は狩りの場に近寄らずとも障《さわ》りはない。こうして周辺を見まわるのも大事なお役目だ」

「はい」草太郎は頷いて、狩りの一行を振り向く。

「なれど、上様があのように楽しげにお鷹狩りをなさるとは、少し意外でした。お城の奥で、将棋《しょうぎ》の駒と絵筆をお取りになっているお姿しか、思い浮かべていなかったので」

「うむ、そうさな。お鷹狩りだけは別なのだ。上様は吉宗公《よしむねこう》がお手元で育てられたゆえ、早くからお鷹狩りにも馴染《なじ》まれていたのだ」

　八代将軍吉宗は鷹狩りを好んで行った。五代将軍綱吉公《つなよしこう》が生類憐《しょうるいあわ》れみの令《れい》の発布とともに中止したお鷹狩りを、再開したのも吉宗だった。紀州藩主《きしゅうはんしゅ》であった頃からの楽しみであり、将軍の座を継いだ折には、国許《くにもと》から鳥見役《とりみやく》なども呼び寄せていた。

　加門は空を見上げる。

「亡き父は、しばしば吉宗公のお鷹狩りのお供をしたそうだ」

「はい、話を聞いたことがあります。父上も行かれたのですか」

「いや、吉宗公のお供をしたことはない。家重公《いえしげこう》のお鷹狩りには、何度も付き従ったがな」

へえ、草太郎は小首をかしげる。

「それも、少し、意外です。家重公はご病弱であられた、という話ばかりが耳に残っているので」

「ふむ、そうさな、だが、お若い頃には、よくお鷹狩りに御成《おなり》あそばされたのだ。吉宗公は、ご子息方お三人に教えられたゆえ」

ああ、と草太郎は頷く。

「弟君の宗武《むねたけ》様も宗尹《むねただ》様もお鷹狩りを好まれたと、聞いたことがあります」

「うむ、お二人とも活発であられたからな」

加門は言いながら、すでに亡き三人の姿を思い起こした。

おそらく、と胸の奥で独りごちる。家重公はたとえお鷹狩りを本心で好まれなかったとしても、弟らに引けを取るわけにはいかなかったのだろう。兄を侮《あなど》っていた弟に、なに一つ、負けることはできなかったはずだ……。

「お鷹狩りは……」加門は息子を見る。

「将軍家の誉《ほま》れでもある。家康公《いえやすこう》が大層お好きであったことも大きいだろう。家康公は生涯に千回ものお鷹狩りをなさったそうだ」

「千回、ですか」草太郎は目を丸くする。

「それは、徳川家でも大切に受け継がれるはずですね」

「ああ、今ではお鷹狩りは将軍家と御三家《ごさんけ》や御三卿《ごさんきよう》などにしか、許されておらん。徳川家の御威勢《ごいせい》を示すもの、と言ってもよい。昔は、鷹狩りは公家《くげ》のたしなみであったというから、世の移り変わりを物語る、というわけだ」

「そうだったのですか」

熱心に耳を傾ける草太郎に、加門は声音《こわね》を重くした。

「御世子《ごせいし》の家基《いえもと》様も、すでに上様から手ほどきを受けられているが、この先は代々の将軍のようにお鷹狩りをなさることになろう。将来、そなたは家基様にお仕えすることになるのだから、今から馴れておかねばならんぞ」

家治の一人息子家基は、世継ぎとして西の丸御殿に暮らしている。この年が明けたばかりの安永《あんえい》六年（一七七七）には、十六歳になっていた。

草太郎は「はい」と、胸を張る。と、その足を止めた。

木立の向こうから、荒々しい声が立ったためだ。

数人の怒声だ。

「なにごとだ」

走り出す加門に、草太郎も続く。

木立を抜けると、その野原を数人の男が走っているのが目に飛び込んできた。

先頭を行く男を、三人の武士が追っているようだ。

「御徒組《おかちぐみ》だな」

走りながら加門がつぶやく。

将軍の警護を担《にな》う御徒組の侍も、御庭番同様、お鷹狩りに付き従うのが常だ。組《くみ》頭《がしら》などは将軍一行のやや近くへも寄れるが、一番下の身分で御家人《ごけにん》の徒《かち》は遠巻きに守るだけだ。

「待てっ」

先頭の若い侍が手にした棒をまわし、逃げる男の足を払った。

男の身体が宙に浮き、地面に落ちる。

たちまちに三人が取り囲み、年配の侍が刀を抜いた。

「なに者か」

その声とともに、中年の侍も抜刀《ばっとう》した。

若い侍が棒を振り上げて、男の背を打つ。

男は呻《うめ》きながら背中を丸め、地面にうずくまった。

「勢子《せこ》ではないな、なにをしていた」

お鷹狩りのさいには、地元の百姓らが、雑用をする勢子として召し出される。が、男の着物は百姓のそれではない。

「こやつっ」

再び、棒が音を立てて、男の背中を打った。

「お許しをっ」

そう言いながら、男は更に身体を丸める。

近づきながら、加門は、おや、とその姿を見つめた。

打たれれば、普通は手で頭をかばう。が、男は両腕を身の内に抱え込み、丸くなっている。

なにか持っているのか……。そういぶかりつつ、加門は声を上げた。

「待て」

御徒の三人が振り向く。

加門と草太郎の身なりに旗本であることを察したらしく、三人は姿勢を正した。

「どうした」

近寄った加門の問いに、年配の徒は「はあ」と答えつつ、あ、と小さな声を洩らして、更に背筋を伸ばした。加門の顔を見知っているらしかった。

「この者、そこの木立に潜んで、さらに公方様《くぼう》のおられるほうに近づこうとしていたのです。声をかけると逃げ出したので、こうして捕まえました」

ふむ、と加門は男を見下ろした。

男は身体を丸めたまま、小さく震えている。

「顔を上げよ」

加門の声に、男はびくりと動く。

「さあ」徒の刀の切っ先が男の目の前で揺れる。

「顔を上げるのだ」

男はゆっくりと、伏せていた顔を上げる。

加門はその目を捉え、おや、と思う。丸めた身体は震えているが、眼《まなこ》は揺れていない。まっすぐに、加門を見上げた。

殺気も邪気もないな……。そう思いつつ、加門は手を上げた。

「ゆっくりと身体を起こし、腕を開いてみよ」

匕首《あいくち》でも持っているのではないか、と草太郎が身構えた。その気配に、改めて徒の三人も構え直す。

男は上体を上げ、腕を出した。

その手は空《から》だった。

「ふむ、なにもないな」加門は足を踏み出した。

「そなた、町人だな」

その言葉に、年配の徒が再び切っ先を揺らした。

「名を名乗れ、無宿人《むしゆくにん》ではあるまいな」

「ち、ちげえやす」男は手をつきつつ、皆を見まわした。

「あっしは与平《よへい》、住まいは神田新銀町《かんだしんしろがねちよう》の吉兵衛長屋《きちべえながや》、金工師《きんこうし》でやす」

「金工師……」

徒らが顔を見合わせる。

ふむ、と加門が男を見据えた。そうか、手を守るために隠していたのか……。

「金工師がなにゆえ御拳場《おこぶしば》に来たのだ」

お鷹狩りの狩り場は、鷹を乗せる将軍の拳から、御拳場と呼ばれる。

「そうだ、御留場《おとめば》と知っておろう」

中年の徒が声を荒らげる。御拳場は庶民の立ち入りが禁じられていることから、御留場の呼び名もある。

「す、すいやせん」与平は頭を下げる。

「あ、あっしは公方様のお姿を見たくて……御成の行列のあとを付いて来ちまったんです」

道の途中では、御成《おなり》行列に対して平伏するため、顔を見ることはできない。

「ふんっ」若い徒が、鼻息を鳴らす。

「公方様のお姿を見たいなど、畏《おそ》れ多いわっ」

「そうだ、きさまごときが見てなんになるっ」

「おう、図々しいやつめ」

二人の声も重なる。

加門は皆をなだめるように、声を穏やかにした。

「ふむ、なにゆえに、お姿を見たいと思ったのだ」

「あ、あの……あっしは、いつか公方様の御刀《おかたな》の三所物《みところもの》を作りてえんで……」

三人の徒の口が大きく開いた。

「はっ」中年の徒の声が空に飛ぶ。

「なにを言い出すかと思えば……」

呆《あき》れた声がすぐに笑いに変わり、二人の声も加わった。

草太郎は己の刀を手にして、柄《つか》をしみじみと見た。

三所物は小柄《こづか》と笄《こうがい》、そして柄に付いた目貫《めぬき》をいう。金工師の手によって作られる細工だ。

加門は改めて与平を見下ろす。

「そのためにお姿を見たいと思うたのか」

「は、はい、さようで……お姿を見て、拵《こしら》えを考えたく……」

真摯《しんし》な眼に、三人の徒の笑いが続く。

「うむ、そなたの心根はわかった」加門が頷く。

「だが、御拳場に入るは御法度《ごはっと》。直《ただ》ちに去るがよい」

え、と若い徒が笑いを収めた。

「ですが……」

その声を遮《さえぎ》って、年配の徒が「はっ」と身を正した。

加門はそれに頷く。

「この与平とやら、他意があるようには見えぬ。かまいなしでよかろう」

「は、承知しました」年配の徒が与平に向く。

「寛大なご裁量《さいりょう》、ありがたく思えよ、行け」

くいと顎《あご》を上げられ、与平は慌てて立ち上がった。

「へ、へい、恐れ入りやす」

ぺこりと頭を下げると、踵《きびす》を返し、走り出す。

加門は徒三人に、

「ご苦労であった」

と、言うと背を向けた。

歩き出した加門と草太郎を、三人が見送る。と、そのささやきが聞こえてきた。

「いいんですか」

若い徒の声に、年配の声が返る。

「馬鹿、あのお方は御庭番だ、上様から直々《じきじき》の御下命を受けるお方だぞ」

「やはりそうか、わしも見覚えがある」中年の声だ。

「今は御老中方《ごろうじゅう》、とくに田沼《たぬま》様からよくご下命を受けられると聞いている」

「田沼様」

若い声が揺れると、年配が答えた。

「そうだ、田沼様と御庭番衆はともに吉宗公が紀州からお連れになったご家来衆ゆえ、つながりが深いのだ」

「へえ」

「それに、だ。御庭番であれば人を見る目は確かなはず、ご判断に我らが口を差し挟むべきではなかろう」

「はあ、なるほど」

そのやりとりを聞きながら、草太郎は父を横目で見た。

加門も目だけで頷き、小さく苦笑した。

二

神田橋御門《かんだばしごもん》を抜けて、加門は大名屋敷へと向かった。

屋敷の主は田沼主殿頭意次《とのものかみおきつぐ》だ。老中であり、将軍への取次役である御側御用人《おそばごようにん》を兼ねている。

顔なじみである門番から礼を受け、加門は奥へと進んだ。

屋敷の奥座敷もすでに馴染《なじ》みだ。

「おう、来たか」書物を手にしていた意次が顔を上げる。

「正月以来だな、変わりないか」

二月の節分が過ぎたところだ。

「うむ、そなたも息災でなによりだ」

そう言いながら向かいに座った加門に、意次は手元の箱から取り出した物を示した。

「源内殿《げんないどの》が来てな、これを作ったと言うて、くれたのだ」

小さな金《かね》の細工《さいく》だ。

「時計か」

「いや、磁針器《じしんき》（方位磁石）だそうだ」意次の手から、加門の手に渡される。

「これで東西南北がわかるのだ」

ほう、と加門は手に取って眺める。

意次は平賀《ひらが》源内の才を高く買い、源内も意次を敬愛している。

「そういえば、エレキテルができたそうだな」

加門の言葉に意次が笑顔になる。

「おう、それも年末に見せに持って来た。いや、驚いたぞ、木の箱に金の棒が出ているだけなのだが、取っ手をまわすと、金の棒に雷《いかずち》が生じるのだ」

「雷、となる……」

「うむ、うまくは言えんが、見ればわかる。今年は皆にお披露目《ひろめ》をするということだし、そなたにも是非《ぜひ》見せたいと言うていた」

「ほう、それは楽しみだ」加門は手にした磁針器を動かしてみる。

「これも便利な物だな」

「そうであろう、いや、もっとすごい物があるのだ」

意次は廊下に向かって、「誰かある」と声をかけた。

すぐに障子が開いて、小姓《こしょう》が「はっ」とかしこまった。

「早代《さよ》を呼んでくれ」

は、と小姓は駆けて行く。

まもなく、切れのよい足音とともに女人が現れた。

「まあ、加門様、おいでなさいませ」

三つ指をついて、にこやかに微笑《ほほえ》む。

「早代殿はお変わりござらぬな」

加門も笑みを返した。

早代は意次の側室の一人だ。

「早代、あれを」

意次が手を出すと、早代は帯に挟んだ物を抜いた。薄く曲げた金《かね》の板の先に、楕円《だえん》型《けい》の時計のような物がついている。

「はい、すごうございますよ、歩くたびに、ちゃんと進むのです」

意次がそれを加門に手渡す。

「こちらは量程器《りょうていき》というそうだ。身につけて歩くと、どれほど進んだか、わかるのだ。そら、針がついておろう、それがまわって里程《りてい》を示すのだ（のちに伊能忠敬《いのうただたか》も使用）」

「なんと」加門はそれを目の前に掲げた。

「これも源内殿が作ったのか」

「うむ、昔、長崎《ながさき》で手に入れた南蛮渡来《なんばんとらい》の歩度計《ほどけい》を元に作ったそうだ」

ほうぅ、と加門はしみじみと見つめた。

意次が笑いながら早代を見た。

「これが感心して、夢中になっている。身につけて屋敷の廊下や庭を歩きまわっているのだ」

「はい」早代が目を丸くして頷く。

「もう一里半ほども歩きました。ちゃんと、針が進むのですよ、ほんに、源内様はどのようなおつむをしてらっしゃるのでしょう」

ははは、と意次が笑う。

「まったくだ、わたしも不思議でしょうがないわ」

「ねえ、覗いてみたいくらい、ほほほ」

早代が口を開けて笑った。

加門もその開けっぴろげな顔につられて笑顔になる。

早代は四人いる意次の側室の一人だ。

家重の覚えめでたい意次には、早くから縁談が持ち込まれた。武家は出世の見込みのある男に常に目を光らせている。娘を嫁《とつ》がせれば、将来、家の栄となるからだ。そうして縁を持った意次の正室は、しかし、子をなさないまま早くに世を去った。その後に入った継室は男子を一人産んだものの、そのあとの子はない。

意次が出世を重ねると、つながりを持ちたい武家から娘などが紹介され、三人が側室となって、それぞれに子をなした。が、早代はそうした縁とは違い、意次自身が望んで側室とした女人だ。

加門は早代の朗《ほが》らかな声を聞きながら、ずっと以前に出会った折のことを思い出していた。

加門と意次が町を歩いていたときのことだ。

矢場《やば》から〈当たりぃ〜〉という声が響いて洩れてきた。

思わず覗くと、声の主がそこにいた。矢場の娘だ。

客の矢が的に当たると、高らかな声を張り上げる。

その娘に、客の男が言った。

〈おれぁ、おめえがいいや、いくらだい〉

つん、と娘は顎を挙げた。矢場には、娘に売色《ばいしょく》をさせる店もある。

〈あたしが売るのは声だけさね、身のほうが買いたいってえんなら、ほかの矢場に行っておくんなさいな。銭が余ってるってんなら、矢を買っとくれ〉

その物言いに、客らが笑い出す。

ほう、と意次は目を瞠《みは》った。

〈気の利いた娘だな、気風《きっぷ》もいい〉

うむ、と加門も感心して娘を見た。器量はよいわけではないが、振る舞いが粋《いき》だ。

その日はそれで帰ったが、しばらくしてから、意次は言った。

〈あの矢場の娘をもらい受けることにした〉

えっ、と加門は息を呑んで意次を見た。そうか、初めて女《おなご》に惚《ほ》れた、ということか……。そう、納得したのを思い出す。

意次は娘を医者の千賀道有《せんがどうゆう》の養女とし、名も早代と改めさせて屋敷に上げたのだった。

早代は寵愛《ちょうあい》を受け、五人の男女を産んでいる。

今では早代は〈神田橋の御部屋様《おへや》〉と呼ばれている。

御部屋様は、大奥《おおおく》で使われる言葉だ。大奥では側室が姫を産めば御腹様《おはら》、男子を産めば御部屋様と呼ばれるようになる。意次の威勢《いせい》を物語るように、いつしかその呼び名が広まっていた。

しかし、と加門は早代を見ながら思う。

男子を産んだだけのことではない。ほかの側室も男子を産んでいるし、同じように五人の子をなした側室もいる。早代が御部屋様と呼ばれるのは、客の対応なども臆せずにこなし、その差配ぶりや気風に感心した人々のあいだに評判が広まったせいに違いない……。

気さくだがよく気が利き、面倒見がよく機転も利く。そんな質《たち》であるため、意次も早代に客あしらいなどをまかせている。ほかの側室は武家の出らしく、客あしらいなどは不得手《ふえて》なため、早代が表に出ることに不満を言うこともない。

加門は意次の顔を見た。

意次は人を血筋や家格で判断はしない。町人や百姓であろうとも、その才や人柄を見て、家臣に取り立てる。

加門は小さく笑った。それは女人にも同じ、ということだな……。そう思いつつ、顔を廊下に向けた。足音が近づいて来る。

来客の知らせか、と加門は立ち上がった。

田沼家には武家、町人にかかわらず、多くの者が陳情《ちんじょう》に訪れる。そして、意次は拒むことなく、誰からも話を聞く。

「殿」案の定、廊下で小姓の声が上がった。

「お目通りを願うお人が……」

加門は「では」と、足を踏み出した。

「また来る」

「うむ、すまんな」

見上げる意次に笑みを向けて、加門は早代とともに廊下へと出た。

奥へと行く早代と別れて、加門は玄関を出た。と、加門はその足を止めた。

門から入ってきた意知《おきとも》と目が合ったためだ。

田沼家跡継ぎの意知は、すでにずっと以前から城に上がっている。

「これは、お久しぶりです」

会釈《えしゃく》をする意知に、加門は微笑んだ。

「ほう、元気そうでなによりだ」

「はい、草太郎殿も変わりないですか、たまには屋敷に寄るように伝えてください」

同じ歳の二人は、父親同様、幼なじみとして親しんできた。

「うむ、伝えておく。意知殿、御子はいかがか、息災か」

意知にはすでに五歳になる男子がいる。

「あ、はい」頷きつつも、意知は微かに顔を歪めた。

「いえ、実のところ、あまり丈夫ではないようで、あの、幼子《おさなご》にもなにかよい養生などはあるでしょうか」

「ふうむ、まあ、幼子は腹などが弱いものだが、そうさな、まず身体を冷やさぬことだ。あとは滋養《じよう》のある物を食べさせる、粥《かゆ》に卵を落としてやるのもよい」

「なるほど、わかりました、そうします」意知が目元を弛《ゆる》ませた。

「お会いしてよかった、また、ゆっくりと話しをさせてください」

「うむ、そうしよう」

頷いて加門は歩き出す。が、振り向いて、玄関へと入って行く意知のうしろ姿を見つめた。

立派になったものだ……。同時に、草太郎の顔が浮かび、加門はふっと息を吐いた。

三

屋敷の廊下に、草太郎の足音が響いた。

加門は手にしていた白鞘《しらざや》の刀を脇に置く。と同時に、「父上」と息子が入って来た。

「おう、ちょうどよい、座れ」

加門の手招きで、向かいに座る。草太郎が口を開こうとするのを遮って、加門が声を出した。

「昨日、意知殿に会ったぞ、顔を見せるようにとのことだ」

「はあ、そうですか、近々、行ってみます。あの……」

「そなた、同い歳だったな。意知殿にはすでに男子がいる」

「はあ、そうですね」

肩をすくめる息子を、加門は胸を張って見つめた。

「田沼家とは比べものにならない家格だが、我が宮地家にも跡継ぎは必要だ。わたしは少し、のんびりしすぎたかもしれん」

「はあ……」

思ってもいなかった父の言葉に、草太郎は目を見開くが、加門は続けた。

「なので、そなたの縁組みを真剣に考えることにする」

「はあ、そうですか」生返事《なま》で、草太郎はその身を乗り出した。

「そんなことよりも、父上、お願いが……」

「なんだ、そんなこととは、他人事《ひとごと》のようだな」

「いえ、その話は改めて……それより、上様がまたお鷹狩りに御成あそばされるそうです」

「ふむ、そうか、渡り鳥がいなくなるゆえ、二月でお鷹狩りも終わりになるからな。この先は兎《うさぎ》になるが、やはり狩りは鳥のほうが好まれるようだ」

「そうなのですか、で、次のお鷹狩りは吉川家《よしかわけ》の孝次郎《こうじろう》殿がお供をするそうなのです。わたしも付いて行ってよいでしょうか。孝次郎殿はよい、と言うので……」

かつて加門としばしば遠国御用《おんごくごよう》に出向いた吉川栄次郎《えいじろう》は、息子の孝次郎に代を譲って隠居している。今は好きな絵を描いて、悠々自適《ゆうゆうじてき》だ。息子の孝次郎は、草太郎より一つ年下だ。

「ふむ、孝次郎殿がかまわぬと言うのなら、よいであろう。そなたは見習いの身ゆえ、誰からも文句は出まい」

言いながら、加門は口元を歪めた。未だ見習いなのは、自分が代を譲らないせいだ。が、まだ、隠居はしたくない。すまんな……。

「行って来るがよい、お鷹狩りの場数《ばかず》を踏むのはよいことだ」

「はい、わたしも先日行って、そう思いました。御拳場もいろいろ見ておいたほうがよいかと」

「そうだな、御拳場は江戸四方にあるからな、よい心がけだ」

父の言葉に、草太郎は笑顔になって腰を上げた。と、その目を父の傍らに留めた。

「それは御爺様《おじじさま》の刀ですね」

「うむ」

と、加門は白鞘の柄を手に取る。

刀は使わないときには白鞘に納めるのが常だ。漆塗《うるしぬ》りの鞘では、気が通らないため湿気などで錆《さ》びてしまうが、白鞘は気を通すため、刀を傷めずにすむ。

「ちと、手入れをしようと思うてな」

「そうですか」

草太郎は頷くと、「では」と出て行った。

加門は刀掛けにある漆塗りの拵えへと手を伸ばす。

さてさて……。加門は拵えの柄を手に取った。


神田新銀町の辻を、加門は曲がった。

裏店《うらだな》を見つつ歩くと、お、と足を止めた。

吉兵衛長屋という木札がかかった木戸が見つかった。木戸の上には店子《たなこ》の名が書かれた札が並び、金工師与平という字も見える。

入って行くと、すぐに与平の家は見つかった。トンカンと金板《かないた》を打つ音がしたためだ。開け放たれた明るい戸口の前で、与平は手を動かしていた。作業台の上の金板を、薄く延ばしていた。

「与平」

声をかけると同時に、与平の顔が上がった。加門の影が手元を暗くしたせいだ。

「あっ……」手を止め、与平が腰を浮かせる。

「御拳場の……」

「うむ、覚えていたか」

「あ、へい……あんときはどうも」

与平はかしこまって手をついた。

「入ってもよいか」と、返事を待たずに入る。

「棒で打たれていたが、大事なかったか」

「あ、へい、しばらく痛みましたが、もうなんとも」

与平は肩をまわして見せる。

ふむ、と加門は作業台の周りを見まわす。細工のされた目貫が置いてあった。

「ほう、そなたが作ったのか」

覗き込む加門に、与平は手に取って差し出した。

「へい、これぁ頼まれたわけじゃねえんですが……」

そういいつつ、与平は加門の柄に目を向けた。

加門は腰から刀を抜いて、柄を差し出した。

目貫は柄に付けられる細工だ。もともとは、柄と刀身を貫く目釘《めくぎ》の上に付けられた物だが、その役目から外《はず》れ、今では滑り止めとして柄に付けられている。小さな物だが、金《かね》の細工が握った手に馴染むように作られている。

「目貫が欠けてしまっているのだ、それに小柄も笄も錆が出ている」

加門の言葉に、与平は顔を近づけた。

「へえ、さいですね、ずいぶんと年数が経っているようで」

そう言いつつ、上目で加門の意図を探るように窺った。

「ああ、すまん」加門は笑顔を作る。

「わたしは宮地加門と申す。この刀は父の使っていた物でな、このたび手入れをしてわたしが使おうと思っているのだ。わたしの刀を伜《せがれ》に譲ることにしたのでな」

「はあ、さいでしたか」

「うむ、で、そなたのことを思い出し、来てみたのだ。手をかばった職人根性と、公方様の細工を作りたいと願う心意気を買ってな。どうだ、この刀の三所物、作ってはくれまいか」

え、と与平は身を起こす。

「そ、そりゃ願ってもない……いや、ですが、あっしは独り立ちしたばかりで、まだ腕のほうは……」

「ほう、独り立ちしてどのくらい経つ」

「それが……まだ一年にもならないんで……実は、去年、親方が流行病《はやりやまい》で死んじまいやして、しかたなく独り立ちしたってえわけでして」

　ほう、と加門は改めて与平を見る。二十四、五というところだろう。

「それは大変だったな。しかし、作ることはできるのだろう。姿を見て拵えを考える、というそなたのやり方が気に入ったのだが」

「あ、へい、あれは……親方がそうだったんでさ。ずっと前に、あるお侍が来て、三所物を作り直したいってえんで……持ってた刀の細工は龍だったんですが、どうも自分に馴染まないと言ってやした」

「龍、か。強いな」

「へい、そのお方もそう言ってやした。自分にはそぐわないと……で、親方はしばらくそのお侍と話してから、そいじゃあ鯉《こい》はどうですって」

「ほう、鯉か。鯉は滝を登れば龍になる、よいではないか」

「へえ、そのお侍も気に入ったと……そいで、鯉と水の三所物に作り直したんでさ」

「なるほど、よい親方だったのだな」

「へい、よく殴られましたけど」と与平は首筋を掻《か》く。

「ただ、あっしはまだ親方にはほど遠く、そこまでの目や腕はないんで、お引き受けしていいものかどうか……」

「ふうむ、そなたはわたしを見て、どう思う。この三所物は、見てのとおり蜻蛉《とんぼ》でな、わたしもどうもそぐわない気がするのだ」

蜻蛉はあと戻りができないことから、引かない、という武士の志を示すものとして、よく武具の拵えに使われる。

はあ、と与平は柄に顔を寄せ、加門と交互に見る。

「そうですね、旦那なら、竹がいいんじゃないでしょうか」

「竹」

「へい、あの御拳場で助けてもらったときに、おやさしいお方だと思いやした。けど、目の奥はいかにもお武家様で、こうして話していても、気安くしてくださってますが、芯は強いお方だと……」

「ほう、それで竹か……うむ、面白い、よいぞ、竹の模様で作ってくれ。小柄と笄を預けてゆくから、同じ大きさで頼む」

あ、と与平は頭を下げる。

「ですが、あっしはまだいきなり細工するほどの腕じゃありやせん。下図《したず》を描きますんで、それを見てからってぇことでどうでしょう」

「ふむ、下図とはよい考えだ、そうしよう。急いでいるわけではないゆえ、ゆっくりでかまわんぞ」

「はい」与平が顔を上げる。

「ありがとうごぜえます」

「うむ、では、また折を見て参ろう、頼んだぞ」

加門は頷いて背を向けた。が、すぐに向き直った。

「そういえば、公方様のお姿を見て、拵えは浮かんだのか」

「ああ、いえ」与平は首を横に振る。

「結局、お姿をちゃんと見ることはできなかったんで、だめでさ」

「ふうむ、そうか、確かに、お近くに寄るのは難しいな。しかし、公方様とは……なにゆえに、そのようなことを思ったのだ」

「へい、そりゃ、一番偉いお人の細工を作りたかったんで……」

言いつつ、与平は自分の言葉を問うように小首をかしげる。が、すぐに頷いた。

「そうでさ、そうすりゃ、あっしも偉くなれるってもんじゃねえですかい」

ふうむ、と加門は顎を撫《な》でた。

「しかし、公方様の御刀は選りすぐりの名品揃い、大名方の献上品も多く、なまなかの職人が手を出せる物ではないぞ」

はあ、と与平は腕を組む。

「だめですかねえ、あっしはガキん頃から、それを励みに頑張《がんば》ってきたんですが」

ううむ、と加門も腕を組む。励みか……人の励みを奪うわけにもいくまい……。

「そうだな、それならまず、公方様よりも西の丸の大納言《だいなごん》様のお刀を目指してみるのはどうだ」

「大納言様……」

「ああ、将軍お世継ぎの家基様だ。公方様に献上される品は、周りが厳しく品定めをするゆえ、お手元にまで届く物は少ない。多くはお目にも留まらずに、家臣らに下げ渡されるのだ」

「へ、そうなんですかい」

「うむ、数が多いし名品ばかりが届くからな、そんなものだ。だが、大納言様であれば、公方様ほど周りも厳しくはない。うまくすれば、お手元に届くかもしれん」

「そうですかい」

「いや、うまくいけば、だ。だが、公方様を目指すよりは、願いが叶《かな》う目はあるといえよう」

ああ、と与平は腰を浮かせる。

「そうか、それで、お世継ぎ様にお使いいただければ……お世継ぎ様はいずれ公方様になられるんだから、同じってこった」

与平が手を打った。その顔がみるみる弛《ゆる》む。

「そうか、それでお取り立ていただけば、ゆくゆくは御公儀お抱えの金工師になれるかもしれねえ」

高まった声に、加門は笑みを返した。

「大きな望みは大きな励みになる。精進することだ」

へい、と頷く与平に加門も頷き、

「わたしのほうも頼んだぞ」

再び背を向け、今度は戸口をまたいだ。

出しなに振り向くと、よしっ、というつぶやきとともに、腕をまくる与平の姿が見えた。

四

下城した加門は、御用屋敷の中をいつもとは違うほうへと逸《そ》れた。

吉川家の庭を覗くと、縁側に座って絵を描く栄次郎の姿があった。

「ごめん、入るぞ」

寄って行く加門に、栄次郎は手を止める。

「おう、お城からの戻りか、もうそんな刻限か」

「うむ、相変わらず絵筆を持つと、時を忘れるのだな」

傍らに立って、加門は梅の木が描かれた絵を覗き込みながら、言った。

「よい絵だ、いかにも春らしい」

「そうか、そう言われるとますますやる気が出る。だが、なんだ、絵を見に来たわけではあるまい」

「ああ、そうだった。なに、今日、孝次郎殿のお鷹狩りのお供に草太郎も連れて行ってもらったろう、ひと言、礼を言おうと思って寄ったのだ」

「ああ、そんなことか、礼には及ばん……そもそも、孝次郎には思惑《おもわく》があってのことだろう」

「思惑……」

「あ、いや、それはまだ……それより、聞いたか。西村家《にしむらけ》の与一郎《よいちろう》殿と梶野家《かじのけ》の節《せつ》殿の縁組みが決まったそうだ」

「ほう、そうであったか。ついこのあいだまで子供であったのに縁組みとは、時の経つのは速いものだ」

加門の言葉に、栄次郎は、はははと笑う。

「真《まこと》、光陰矢《こういんや》の如《ごと》しとはよく言ったものよ。いや、だからわたしはさっさと倅に家《か》督《とく》を譲ったのだ。こうして好きなだけ絵を描く暮らしがしたかったからな」

「なるほど、そう考えてのことか」

加門は栄次郎の横顔を見る。息子を早く一人前にするため、かと思っていたのだが、そうではなかったか……。そう考えると頰《ほお》が弛んだ。

「あ、いや」と、栄次郎は加門を見上げた。

「そなたは隠居を急ぐことなどないぞ。御庭番に向いているのだから、できるまで続けるがよい。田沼様もお城にいることだしな」

うむ、と加門は苦笑する。

「だが、草太郎が不憫《ふびん》な気もしてな、どうしたものかと考えておるのだ」

「いや、その心配は無用だろう」栄次郎は笑顔になる。

「このあいだ、うちに来たときに孝次郎と話していたぞ、まだ医術を学びたいから、跡を継ぐのは先でいい、父が元気なのはありがたい、とな」

「ほう、そうか」

目を見開く加門に、栄次郎は大きく頷く。

「うむ、庭で聞いていたのだ」

ははは、と笑う。

「そうか、いや、安心した」加門も笑いにつられた。

「では、帰って来たら心安くお鷹狩りの話を聞こう。もうそろそろ、戻るって来るだろう」

ん、と栄次郎は首をかしげた。

「もう少しかかるだろう、今日は小菅《こすげ》に御成だと言うていたからな」

「ほう、小菅か」

加門は北東の空を見上げた。

夕餉《ゆうげ》をすませて、加門はまだ箸《はし》を動かしている草太郎を見た。お鷹狩りで長く歩いたせいか、三杯目の湯漬けを掻き込んでいる。

やっと箸を置いたのを見て、加門が座を立つと、草太郎が「父上」と見上げた。

「あの、お伺《うかが》いしたいことが……」

ふむ、と加門は廊下に出る。

「では、奥に参れ」

はい、と追って来た草太郎と、加門は客間で向かい合った。

「今日は小菅だったそうだな。上様は御殿で御休息されたか」

小菅にはお鷹狩りの休息のため、吉宗の建てた御殿がある。

「はい、立派な御殿ですね……あの……」草太郎は膝の上で拳を握る。

「孝次郎殿に聞いたのですが、昔、家重公があの御殿でお倒れになったとか……父上も行かれたのですか」

加門はやはりそのことか、とひと息、吸い込んだ。

「ああ、行った。お城に戻る警護にも付いたからな。まだ家重様がお世継ぎとして西の丸にいらした頃の話だ」

「そうでしたか……それでその……」ごくりと唾を呑み込む音がした。

「その折の御不快は、毒を盛られたせいだ、と聞いたのですが」

いや、と加門は小さく首を振った。

「毒の証《あかし》が立てられたわけではない。お鷹狩りに御成あそばされるほど、お身体の調子もよく、ご機嫌も麗《うるわ》しくあられたのに、俄《にわか》に、御不快を訴えられて、そのまま寝付かれたため、周りは不審を抱いたのだ」

「御殿での中食《ちゅうじき》が怪しかったのですか」

「それもわからん。御不快はしばらくしてからのことであるし、膳の物はもう残ってはいなかったからな」

「なれど、お毒味役がいるのですよね」

「うむ、しかし出先では、お城ほど厳しくはない。さらに、御膳以外に、その場で供された物を召し上がることもある。吉宗公などは、百姓の家によく上がられたというくらいだ。御成の先では隙ができる、というのは確かだ。それゆえに、毒を盛られたのではないか、という見方も出て来るのだ」

「なれど、奥医師もついていたのですよね」

「ああ、御成のさいには、必ず奥医師も付き従う」

「それでも、判然としなかったのですか」

「うむ、仮に毒だとしても、身体に入って時が経てば判じることは難しい。毒と病の区別を付けることは、それほどたやすくはないのだ」

「そうなのですか」

身を乗り出す草太郎に、加門は口を曲げて頷く。

「腹が痛くなったり、吐き戻したりすることはさほど珍しいことではなかろう。よもや、それで命を落とすとは思わぬゆえ、すぐに大騒ぎになることもない」

「あ、確かに……」

「銀山で採れる砒石《ひせき》のような毒も、少しずつ盛って身体を弱らせれば、病と区別がつかぬ。砒石は南蛮《なんばん》でも昔から使われてきたそうだ」

「そうなのですか」

「そう聞いたことがある。それゆえに南蛮の高い身分の人らは銀の器を使うそうだ。朝鮮《ちょうせん》でも王宮では箸や器に銀を使うと聞いたことがある。砒石が入っていれば、銀は黒く色が変わるから、すぐにわかるそうだ」

へえ、と草太郎の目が丸くなる。

「では、砒石ならその場でもわかるのですね」

「うむ、砒石を疑ったら、口の中に銀の板や棒を入れるのだ。黒く変われば、毒を盛られたとひと目でわかる。が、それほどわかりやすいゆえ、あまり使われないともいうぞ」

「では、ばれないためにはどのような毒を使うのでしょう」

「ふうむ、それをくわしく学んだことはないがな……彼岸花《ひがんばな》の根は猛毒だというし、茸《きのこ》にも毒のある物が多い。毒のある草は多くあるから、それを煮詰めるなりすれば、使える物ができるかもしれん」

「そうか、河豚《ふぐ》や蛇《へび》にも毒はありますね」

「うむ、蛙《かえる》にも強い毒を持つものがいるというな」

父の言葉に、へぇぇ、と草太郎は嘆息をもらす。と、その顔を歪めて、声を落とした。

「あの、家重公の御簾中《ごれんじゅう》様も毒を盛られたのではないか、と聞いたのですが」

ううむ、と加門は目を閉じた。

家重には伏見宮家《ふしみのみやけ》から比宮増子《なみのみやますこ》が嫁いでいた。将軍の正室は御台所《みだいどころ》と呼ばれるが、世子の正室は御簾中と称される。

加門は西の丸で過ごしていた家重と増子の睦《むつ》まじい姿を思い出していた。

公家の姫が将軍家に嫁ぐのは伝統となっていたが、その夫婦仲が必ずしもいいとは限らない。子をなさなかった正室も少なくない。

しかし、家重と増子は睦まじかった。

それを証すように、ほどなくして増子は懐妊《かいにん》した。

加門は目を開け、息子を見た。

「それも証はない。だが、お若い御簾中様が俄に産気づき、月足らずの御子をお産みになったのは確かだ。いや、御子は死んでおられたし、産んだというよりも流れたといったほうがよいのかもしれん。そのまま、御簾中様は寝付かれ、半月あまりのちに亡くなられたのだ。と、なれば周りは不審を抱く、というわけだ」

なるほど、と草太郎はつぶやいてうつむいた。と、上目で父を窺った。

「その不審の目を向けられていたのは、田安《たやす》様、ということですよね……そこまでなさる、と思われていたわけですか」

ふむ、と加門は目元を歪めた。

「あの頃の対立を知らぬ者は、まさかそこまで、と思うであろうな。だが、当時を知る我らにとっては、さほど不思議ではない。田安様……あの頃はまだ御三卿は立てられておらず、宗武様と我らは呼んでいた。宗武様が家重様と競おうとする意地は、それは激しかったのだ。競う、というよりも追い落とそうとする敵愾心《てきがいしん》といってよいものだった。周りにおだてられた勢いに乗り、我こそが世継ぎにふさわしい、と公言されていたのだからな」

「それは、うすうす聞いていましたが、公言、ですか」

「そうだ、お父上の吉宗公に、兄を廃して自分を世子にと、直々《じきじき》に訴えさえしていたのだ」

「それは……ずいぶんと、強気ですね」

「ああ、そもそも当時の老中首座であった松平乗邑《まつだいらのりさと》様はじめ、多くの大名が持ち上げていたからな、負ける気がしなかったのだろう。吉宗公の気持ちも、一時、揺らいだのが火に油を注いだに違いない」

　そうか、と草太郎はつぶやく。

「宗武様にとって、家重公は廃したいお方。兄君がいなくなれば、自分が世子となるのに、誰からも異議は出ないわけですよね。それゆえ、不審を抱かれた、と」

「そうだ、跡目争いで身内が殺し合うのは、珍しいことではない。かの織田家《おだけ》も武田家《たけだけ》も、伊達家《だてけ》もそうであったし、ほかにもいくらでもある」

「はい、お世継ぎの幼子を毒殺、という話が戦国の世にあったと聞いたことがあります。朝倉義景《あさくらよしかげ》の御子もそうでしたね」

「うむ、武家では跡継ぎの男子が重要になるのだ。それは、昔からずっと変わらん。ゆえに……家重公の御簾中様のさいにも、周りがざわめいたのだ」

　あ、と草太郎が口を開いた。

「そうか、男子が生まれれば、その御子が家重公の世子となる。もし、家重公に万が一のことがあっても、その御子が将軍を継ぐことになる、と……」

「そういうことだ。周りの者らは、そこを疑ったのだ。男子が生まれれば、取り返しがつかなくなる、その前に、と考えた者がいるのではないか、と……」

　顔を歪める加門に、草太郎も眉根を寄せた。

「そういう見方でしたか……話を聞いたときには、なにゆえに御簾中様が、と思ったのですが……」

　加門は面持ちを戻し、首を振る。

「だが、なに一つ、証はない。家重様の御不調は真の病だったのかもしれぬし、御簾中様もお身体のせいであったのかもしれぬ。真のことはわからぬのだ」

　加門は息子を見つめた。

「よいか、今話したことは、御庭番として知っておくべきことだ。だが、決して、軽々《けいけい》に口に出してはならぬ。よいな」

「はい」

　草太郎は神妙に頷く。

　加門はゆっくりと立ち上がりながら、息子を見た。

「物事にも人にも、裏はある。だが、裏は隠れて表に出て来ない。その裏を、少しでも探り出すのが御庭番の役目だ」

「はい」

見上げる真顔に、加門は微かな苦笑を見せた。

「言うほどたやすくはないがな」

そう言いつつ、背を向けた。

背中で草太郎が「ううむ」と唸るのを聞きながら、加門は廊下へと出た。

五

翌日。

「おや、千江《ちえ》はどうした」

城から戻った加門は、玄関で妻の千秋《ちあき》に問うた。

いつもなら、千秋とともに出迎えをするのに、今日は姿がない。

「はあ、それが」千秋が困ったような顔を上げる。

「頭痛がするとかで、伏せっているのです」

なに、と加門は廊下を足早に進む。

「風（風邪）なれば薬を飲ませねば。今年もまた質《たち》の悪い風が流行《はや》っているのだ」

「まあ、そうなのですか」

「うむ、毎年のように流行る。まあ、年々、勢いは弱まってきているのだが、油断はならん。熱はあるのか」

「いいえ、熱はありません。それに、おそらく風ではないかと……」

言葉を交わしながら、千秋は夫の裃《かみしも》を外していく。

ふむ、と加門は横目で妻を見た。

「風でないならないで、別の薬があるぞ。どれ、わたしが脈を診てみよう」

「ああ、いいえ、そういうことではないかと……」

千秋は首を振る。

む、と口を結んだ加門に、千秋は、

「いいえ、はっきりと聞いたわけでは……」

言い淀《よど》んだ。

女《おなご》の血の道のことか……。と、加門が首をひねると、そこに、戸の開く音とともに、声が上がった。

「父上、おられますか」

草太郎の足音が鳴る。

「おう、どうした」

廊下に顔を覗かせた加門に、息子が走り寄る。

「父上……」走り寄った草太郎は、赤くなった目で父を見た。

「海応《かいおう》先生が……亡くなったのです」

「なんだと」

海応は、親子共々医術を学んだ医学所を統《す》べる医者だ。相当な高齢ではあったが、若い弟子の指導などをしていた。

加門は息子を座敷に招き入れると、荒い息を落ち着かせた。

「いつ、亡くなられたのだ」

「それが、十日前だったそうです。わたしもここのところ、足を向けておらず……今日は、先生に毒薬のことを教えていただこうと思って行ったのです。それが……十日前の朝、起きてこられないので見に行くと、息をしていなかったそうで……老衰であろうと、皆様はおっしゃっていました」

そうか、と加門は天井を仰いだ。

医学所では御庭番であることは伏せてあり、この屋敷を誰にも教えていない。御庭番の御用屋敷には、他者を入れてはいけないことになっているためだ。知らせようはなかったはずだ。

千秋は座敷の隅で二人のやりとりを聞くと、両手を握りしめてそっと出て行った。

「わたしは……」草太郎が息を乱した。

「お礼を申し上げていないのです。さんざん、世話になっておきながら……」

息がしゃくり声に変わり、草太郎はそれを慌てて呑み込み、

「そ、葬儀にも出ず、なんという不義理を……」

震え声に変わった。

加門は息子の肩に手を置いた。

「不義理はわたしも同じだ。申し訳ないことだ」

加門は再び天井を見る。

「しかし、致し方ない……死とはそういうことだ」

「死……」

草太郎のつぶやきに、加門は頷く。

「取り返しのつかないこと、それが人の死だ。わたしはこれまで、己の失敗や愚かさをずいぶんと反省してきた。それは反省であって、悔《く》いではない。だが、誰かが亡く

なったあとには、悔いばかりが残る。そういうものだ」

加門は肩に置いた手に力を込めた。

草太郎は息を吸い込み、父は小さく頷いた。

「して、墓はどこか、聞いたか」

「あ、はい。深川《ふかがわ》の凌雲寺《りょううんじ》だそうです。明日にでも行って来ます」

「そうか、わたしも近いうちに行くことにしよう」

父は息子をぽんと叩いた。

「死んだあとも礼はできる。それが供養《くよう》だ。よい線香と花を持って行くがいい」

はい、と草太郎は目元を袖《そで》で拭いた。


数日後。

深川の凌雲寺を出た加門は、寺町を抜けて、大川沿《おおかわぞ》いへと足を向けた。

そういえば、と加門は足を緩《ゆる》める。

源内殿は深川清住町《きよすみちょう》に暮らしていると言ったな……。

以前、源内が借りていた神田の裏店は、長崎遊学中にその一帯もろとも大火で焼失していた。江戸に戻って来た源内は、この深川で空いていた武家の下屋敷を借り、暮らしているのだ。

加門は、人々の行き交う道をゆっくりと歩く。

辺りを見まわしていると、

「宮地様」

と、声が飛んできた。

振り返った道の先から、小走りに来るのは源内だった。

「おう、源内殿」

「はい、お久しぶりです。いやはや、このようなところでお会いするとは、奇遇《きぐう》、いやこれもご縁というものです」

相変わらずのなめらかな口に、加門は微笑む。

「いや、近くの寺に参ったのだ。で、源内殿がこの辺りに住まいしている、と思い出してな、ちと見まわしておったのだ」

「おお、そうでしたか。わたしの屋敷は次の辻を右に入った奥です。もう、川っ縁《かわっぺり》といってもよい所でして、今度、是非、お寄りください」

「うむ、そうしよう。今日は、出かけるところであったか」

「はい、日本橋と神田に。宮地様はお戻りですか。なれば、一緒に参りましょう」

うむ、と両国橋《りょうごくばし》へ向けて歩き出した。

「そうだ」加門は源内の横顔を見る。

「先日、意次に源内殿が作った量程器と磁針器を見せてもらったぞ。大した物だ」

「ああ、いえ……あれは昔、作った物を新しくまた作り直したのです。国許の讃岐《さぬき》にいた頃、長崎に行かしてもらいまして、いろいろと南蛮渡来の品を手に入れました。で、上役からこれと同じ物を作ってみよ、と言われまして、磁針器を作ったのです。いや、あれは仕組みが簡単でして、大した物じゃありません。面白いと思ったのは歩度計でして、南蛮ではすでに使われているそうです。開けてみたら、歩く揺れに応じて針がまわる仕組みとわかりまして、まあ、もとの仕組みは時計と同じです。なので、文字盤を里程に変えて作ってみたわけです。田沼様には大きなご恩をいただいているので、御礼をと思い、献上した次第でして」

源内は讃岐の藩士であった若い頃に、一度、長崎に行っている。が、脱藩して浪人の身となって以降、遊学するゆとりはないままだった。それが田沼意次と出会い、才を認められたことで、長崎行きを願い出たのだった。意次は阿蘭陀語《オランダご》の通詞《つうじ》（通訳）の役を与え、源内は長崎で学び、戻って来たのである。

ふうむ、と加門はしみじみと源内を見つめる。

「中を見ただけで仕組みがわかるとは、それ自体が大したものだ。わたしが見たとて、なにがなにやらわからぬに違いない」

「いやいや」源内は首を振りつつも、胸を張る。

「わたしはなににおいても仕組みを知るのが好きなのです。新しい物や、己の知らない物にも胸が躍《おど》る質《たち》なのです」

「それも才だな。それにエレキテルとやらもできたそうではないか」

加門の言葉に、源内はさらに胸を張った。

「はい、あれこそ、田沼様のおかげ。数年前、長崎に行ったさいに、手に入れたのです。いえ、壊れて動かなくなっていたのですが、阿蘭陀などでは手当てに使っているというので、なんとしても使ってみたいと、持ち帰りました。ですが、こんどは中を見てもなかなか仕組みがわからず、阿蘭陀語の本を読んでも、腑《ふ》に落ちないことが多く……あちこちをいじくりまわして、やっと、仕組みが明らかになったのです。いや、何年もかかってしまいました」

「ほほう、源内殿が何年もかけるとは、よほど難しい仕組みと見える。意次は大層感心していたぞ」

「はい、お褒《ほ》めいただきました」源内が笑顔になる。

「なにしろ、目ではっきりと火が生ずるのが見てとれるので、あ、宮地様も是非、ご覧ください。夏にはお披露目をしようと思っているのです。その前に、お世話になっている皆様方に見ていただこうと考えているので、是非とも」

「ほう、それは楽しみなことだ」

　二人は両国橋を渡りはじめる。

　行き交う大勢の人を躱《かわ》しながら、源内はにこやかに言う。

「ですが、今はそのエレキテル、そっけない木の箱なので、もっと見栄えするように、手を加えているのです。一台ではなく、もっと増やそうとも思っておりまして」

「なるほど、では、そのための買い出し、ということであったか」

「はい、いろいろな材を使いますので、日本橋や神田をまわるのです」

　橋が終わり橋詰めの広小路を歩く。

　さまざまな見世物が声を上げたり、音を立てたりと、にぎやかだ。

　源内はきょろきょろと辺りを見まわす。

「放屁男《ほうひおとこ》はいなくなりましたねえ」

「放屁男」

「はい、以前、屁を自在にひってみせる男が小屋に出ていたんですよ。あまりにばかばかしいので、『放屁論』という本に書いてやったほどで」

源内は浄瑠璃《じょうるり》など芝居の本を何冊も出している。そのほかにも物品などを解説した本や、思うことなどを記した談義本など、出版物は多い。名も福内鬼外《ふくうちきがい》や風来山人《ふうらいさんじん》、紙鳶堂《しえんどう》などと使い分けている。

加門は感心しつつ、笑顔になる。

「源内殿は、真に多才だな」

「いえいえ」源内は真顔になった。

「物の役に立たなければ、値打ちはありません。わたしも田沼様のように、世のための仕事をせねば、と思うているのです」

人混みに二人が割れる。

「あ、では、わたしは神田へ」

源内が会釈をする。

うむ、と加門は消えて行く背中を見送った。

第二章　奇才源内《げんない》

一

神田新銀町の裏長屋へと入って、加門はそっと与平の家の戸口に近寄った。

四月の温かな風に、戸を半開きにしている家も多い。そのなかで、与平の戸口は前と同じく大きく開け放たれている。

間を置いて覗くと、日の差し込んだ場所で与平は作業台に向かっていた。こつこつと金《かね》の板に細工を入れている。その手が止まったのを見計らって、

「ごめん」

と、加門は戸口に近寄った。

あ、と顔を上げた与平は、慌てて胡座《あぐら》を正座に変えた。

「こりゃ、宮地様、どうも」

「入るぞ」

という声に頷きながら、与平は傍らの箱から紙を取り出した。

「下図は描いてありやす、ご覧くだせえ」

差し出された紙を、加門は受け取った。

白い紙に墨で、小柄や笄、目貫の形が縁取られ、縁取りのなかに数本の細い竹が描かれている。

ふうむ、とつぶやく加門を、与平は身を乗り出して見上げる。

「どうでやしょう……」

「そうさな」加門はちらりと顔を見る。

「よい絵柄だ、だが、ちと雅《みやび》すぎて公家のような趣《おもむき》だ……もう少し、力強いほうがよいな」

与平は雅、公家、と口の中で反芻《はんすう》すると、膝を叩いた。

「へい、わかりやした。そう言われてみれば、納得です。もっとお武家様らしく、力強いのを考えてみやす」

「うむ」加門は下図を戻す。

「いや、竹そのものはよいぞ、あとは風情《ふぜい》だな、勢いというか、強さというか……」

　はあ、と与平は頷く。

「言ってくだすってありがとうござんす、あっしはてめえで一から下図を考えて作るのは初めてなもんで、勉強になりやす」

「ほう、そうなのか」加門は台の上の細工を見た。

「だが、そうして仕事を受けているのであろう」

「はあ、仕事は仕事ですが、こりゃ、鍔師《つばし》の兄《あに》さんからもらった仕事でして、図柄も決まってやす。以前は親方の言うとおりに作るだけでやしたし」

「ふむ、そうか。独り立ちしたばかりであったな」

「へえ、ですんで、宮地様の仕事はありがてえったら……ぜってえに、気に入ってもらえるもんを作りますんで、お気に召すまで下図を描きやす。見捨てねえで、お願いしやす」

　頭を下げ、勢いで畳にぶつかる。

「うむ、途中でとりやめたりはしない、案ずるな」

　与平は顔を上げて、眼に力を込めた。

「お頼みいたしやす、あっしはこの仕事を足がかりに、ぜってえにいっぱしの金工師になりやすんで」

ほう、と加門は与平を見つめる。

胸元で拳を握った与平は、天井を見上げてつぶやく。

「見てろよ、いつか名人になってやる。そんで、みんなを見返すんだ」

加門は黙って、その拳を見た。いろいろと口惜しい思いをしてきたのだな……。

「では、またそのうちに参る、急ぎはしないから、ゆっくりでよいぞ」

へい、と与平が姿勢を正した。

「ありがとござんす」

それに頷いて、加門は外へと歩き出した。


道を歩きながら、加門は行き交う人々を眺める。

神田は江戸で一番大きな町だ。さまざまな職人が集まっており、男達は皆、威勢がいい。

人が増えたな……。と、加門は独りごちた。

その耳に、背後から大声が飛び込んで来た。複数の男が怒鳴り合う声だ。

加門の横を、男達が走って行く。

周りの者が、立ち止まって見る。

「なんだ、なんだ」

「喧嘩《けんか》らしいぞ」

加門も足を止めた。どのような騒ぎなのか、御庭番としては一応、確かめておかねばならない。踵《きびす》を返すと、加門は足を速めた。

道を曲がると、辻で取っ組み合う男達が地面を転がっていた。殴り、蹴《け》り、馬乗りになり、という乱闘だ。すでに野次馬《やじうま》が取り囲んでいる。

加門は野次馬の輪に入った。

顔を血まみれにしている男達は、明らかに劣勢だ。

殴りつけているほうは、いかにも喧嘩慣れしたようすで、馬乗りになって押さえつけている。町の遊び人、あるいは博徒《ばくと》だろう。匕首《あいくち》を鞘ごと握って、振り下ろす。

「うわぁっ」

そのたびに、下になった男達の声が上がる。殴られているほうは、垢抜《あかぬ》けしていない田舎出《いなかで》のようだ。が、どちらも若い。

馬乗りになっている者は、容赦《ようしゃ》のない攻撃をやめる気配もない。

「よせっ」

加門は人を割って進み出た。

「それ以上やると、死んでしまうぞ」

大声を放って近寄る。

「うるせえっ、ひっこんでろ」

馬乗りになっていた男は、加門に拳を突き出した。

それを躱《かわ》し、加門は手首をつかむ。

「これ以上やれば牢屋行きだぞ」

そう言った加門の背後に、匕首を持った男が襲いかかった。首筋を狙う気配に、加門は振り向き、鳩尾《みぞおち》に肘《ひじ》を打ち込む。

よろめく男を仲間の手が支え、「てめえっ」と加門を睨《にら》んだ。

懐《ふところ》から匕首を取り出し、鞘を抜こうと手をかける。

加門も刀の柄に手をかけた。

三人の男が、じりじりと加門を囲む。

「気をつけろ」

「お侍さん、斬っちまいな」

周りから声が飛ぶ。

「おう、そいつらごろつきだ、遠慮はいらねえぜ」

手を上げ、背伸びをする野次馬に、

「うるせえっ」

と、ごろつきどもが怒鳴る。

その騒ぎのなか、声と足音が立った。

「こっちでさ、早く」

誰かが役人を呼んだらしい。

足音が近寄ってくる。

「ちっ」

と、男達は匕首を懐に収め、踵を返す。

「ずらかるぞ」

そう言って、足音に背を向けて走り出す。

殴られていた男らも、慌てて立ち上がって、よろめきながら走り出した。

野次馬を割って、十手《じって》を手にした同心が飛び込んできたときには、すでにどちらも走り去っていた。

むっと立つ同心に、野次馬が口を開く。

「無宿人同士の喧嘩でさ」

「いや、喧嘩ってえか、田舎出がごろつきどもにやられたんだ」

「そうそう、あのお侍が止めに入って……ありゃ、いない」

加門は野次馬をかき分け、すでに歩き出していた。

男達が走って行った道を、路地を覗きながら行く。

しばらく行った所で、いた、と加門は立ち止まった。

路地の奥に男がうずくまっている。

加門は近寄ると、

「大丈夫か」

と、肩に手を置いた。

びくりと身体を震わせて、男は加門を見上げた。血まみれの顔だ。

「ああ、やはり、そなただったか、一番やられていたな、立てるか」

身を引こうとする男の腕をつかんで、加門は立たせると、男のようすを確かめた。

瞼《まぶた》が腫《は》れているが、血まみれなのは顔の下半分だ。殴られたさいの鼻血らしい。目を移すと、手にも血が流れているのが見てとれた。倒れたさいに腕を地面に擦《こす》ったらしく、肘から広く傷がついている。

「これはいかんな」

加門は腕を引いて、道の表へと引き出した。

「あ、あのう……」

狼狽《うろた》える男に、加門は「いいから付いて来い」と腕を引く。

別の路地へと入り、奥へと進んで行くと、長屋の木戸があった。

「よし、井戸があるはずだ」

長屋の女達が囲む井戸に近づき、加門は穏やかに言った。

「すまんが、水を分けてほしい。傷口を洗いたいのだ」

男の二の腕を示すと、女達は「あらまあ」と、場所を空けてくれた。

「これを使いなさいな」

水の入った桶と、ひしゃくを差し出してくれる。

「おう、これはかたじけない、まず、顔を洗え」

加門に促され、男は血まみれの顔を洗う。それが終わると、加門はひしゃくを使って、男の傷口を洗った。

「こういう擦り傷は質《たち》が悪いのだ。傷の中に砂が入り込んで、放っておくと必ず膿《う》むからな。まず、洗ってきれいにせねばならん」

言いながら水をかけると、男はしみるらしく肩をすくめた。

「がまんしろ」

加門は続ける。洗い終わると、加門は男を立たせた。

「手拭いを巻くか……」

辺りを見まわし、見つめる女らに笑みを向けた。

「いや、助かった、礼を言う、あの柳の下の床几《しょうぎ》を借りてよいか」

「はいな、どうぞ」

女らが笑顔を返す。

加門は男を床几に座らせると、懐から手拭いを出して、巻いた。

男は落ち着きを取り戻し、加門を見上げた。

「すいやせん、こんなことまでしてもらって」

「うむ、まあ、行きがかり上だ」加門は横に腰を下ろす。

「皆が無宿人と言っていたが、そうなのか」

「はあ、まあ」男が頷く。

「あっこで荷運びの手伝いをして、駄賃《だちん》をもらってたんで。それを、あのごろつきどもが、おれらの縄張りだって言いがかり付けてきたんでがんす」

　ふうむ、と加門は日に焼けた顔と節《ふし》くれ立った手を見る。

「百姓の出だな」

　へえ、と男が頷く。

「江戸に出て来て、三年ほど……いっしょにいたもんらも、皆、百姓で……気が合ったもんで一緒に働いてたんだけんども……」

「ほう、さきほどの二人だな」

「へい、いつもはあと二人いるんだけんども、絡《から》まれたもんですぐに逃げ出して……気が小せえもんだで、しょうがねえんだけんど……」

「ふむ、なるほど、あそこでそなたらが働いているのを見て、あのごろつきどもが目を付けた、ということか。あの者ら、まもとに働かず、ゆすりたかりで銭を巻き上げる輩《やから》であろう」

「へい、そうなんで」男は顔を上げた。

「あいつらは本所《ほんじょ》や深川の賭場《とば》に出入りしてるってぇ話で……で、金がなくなると神田や浅草《あさくさ》で、ゆすりたかりをやってるってぇ噂を聞きやした」

「ふむ、いかにも博徒《ばくと》のような風体《ふうてい》であったな。あのような者らは、避けて通るのがよい」

はあ、と男は息を落とす。

「ただでさえ神田は気の荒いもんが多いから、内藤新宿《ないとうしんじゅく》辺りに移ろうかってぇ話をしてたところなんで」

「内藤新宿か、あそこなら街道もあるし、荷運びの仕事はしやすいであろう」

加門は頷いて立ち上がった。

「だが、宿場は宿場でごろつきがいる。気をつけることだ」

へい、と男も立ち上がると、深々と頭を下げた。

「ありがとさんでした」

「いや、まだごろつきや役人がいるかもしれん、そなたはもう少し休ませてもらうといい」

へえ、再び頭を下げる男に背を向け、加門は長屋を出た。

人が増えた、というよりも無宿人が増えた、ということか……。加門は腹の中でつぶやきながら、神田の町を出た。

二

下城の刻《とき》を過ぎ、城中は人が減って静かになった。中奥《なかおく》の意次の部屋で、加門はじっと端座《たんざ》していた。

中で待つときには少し襖《ふすま》を開けておくという合図はいつもどおりだ。

足音が近づいて来る。

「お、加門か」

襖が開いて、意次が入って来た。

「どうした、なにかあったか」

向かいに座った意次に、加門は「実は」と口を開き、神田での出来事を話した。

「町に無宿人がずいぶん増えている。諍《いさか》いも起きやすくなっているようだ」

人は町でも村でも人別帳《にんべつちょう》で管理されている。それは武家でも町人、百姓でも同様だ。そこから外されれば、無宿人という扱いになる。武家や町人は家から勘当されれば、無宿人となるし、他の地から江戸にやって来た浪人なども無宿人が多い。村から江戸に出て来た百姓も、そのまま江戸に居着いて無宿となる者が珍しくない。

ふうむ、と意次は腕を組む。

「町で諍いというのは困ったものだな。御法度の賭場《とば》も増えているというのは、前から聞いていたが」

博打《ばくち》は禁じられているが、御法度だからこそ、闇で行われている。町奉行所が手を出せない大名屋敷の中間部屋《ちゅうげんべや》が、その賭場として使われてもいる。本所や深川には大名家の下屋敷が多いため、格好の賭場として使われ、仕事のない無宿人などのたまり場になっていた。

意次は口を歪めた。

「いや、以前から江戸に無宿人が増えている、という報告が町奉行から上がってきてはいたのだ。勘定奉行《かんじょうぶぎょう》からは村から百姓が離れている、とも伝えられていてな、稲刈りが終わったあと、冬に働きに来る者が、そのまま江戸に居着いてしまうらしい」

米は財であるため、公儀の直領《じきりょう》で米を作る百姓衆は、勘定奉行の支配下にある。

加門は目を閉じた。

これまでに探索で訪れた、さまざまな土地が思い起こされる。どこまでも広がる田畑は、日暮れと同時に深い暗闇に沈んだ。

「まあ、江戸に出たがる気持ちはわかる。一度でも来れば、帰りたくなくなるのも人情だろう」

　村はどこも貧しいのが当たり前で、白米が膳に上がるのは、盆や正月だけだ。それに引き換え、江戸では誰もが白米を毎日食べている。

「うむ」意次は腕を組む。

「そなたからいろいろの話を聞いているから、それはわたしにもわかる。だが、大事な働き手が村を離れるのは困る。ただでさえ、御公儀の財政が厳しくなり、米の増産を図っているのに、米の取れ高が減っては、財政が立ちゆかん。まあ、それゆえ、奉行らも策を練っているところだ」

「ほう、そうであったか、では、わたしの報告など不要であったな」

「いや、不要などということはない。どのようなことでも、教えてくれ」

　意次は腕を解《ほど》くと、身を乗り出した。

「町の動静は知っておかねばならぬ。何事も後手にまわれば、解決に手こずるようになるからな」

　目顔で頼むぞ、と語る。

　加門も目顔で頷いた。

御庭番御用屋敷の門をくぐると、加門はいつもとは別の方向へと足の向きを変えた。中村家《なかむらけ》の前で、主の勝之進《かつのしん》と草太郎が立ち話をしているのが見えたためだ。

近寄った加門に気づき、勝之進が会釈をした。

「や、宮地殿、今お戻りか、すまんな、草太郎殿を引き留めていた。ちと、相談事があってな」

「相談事……草太郎などで役に立つのであれば、なんなりと」

加門の言葉に、勝之進は手を上げた。

「いやいや、役に立つどころか、いつも助けてもらっているのだ」

「いえ」草太郎は苦笑する。

「小さな切り傷や火傷《やけど》の手当てをするだけです」

「いや、それが助かるのだ。やはり医術の心得があると違う。傷の治りも早いし、痕《あと》も残らず、うちの者は皆、草太郎殿に感謝している」

ほう、と加門は息子を見た。そのようなことをしていたとは、聞いていない。

「では、こたびもどなたかお困りか」

加門の問に、勝之進が頷く。

「うむ、父が腕が上がらなくなったと言って、難儀をしているのだ。で、草太郎殿を引き留めて、相談していたところだ」

ふむ、と加門は中村家の二代目である勝蔵《かつぞう》の顔を思い起こした。一代目がやや高齢であったため、勝蔵は早くに二代目を継いでいた。が、数年前に三代目の勝之進に家督を譲り、勝蔵翁と呼ばれて、隠居暮らしをしている。

加門は草太郎に目を向けた。

「なればとりあえず診《み》て、そうだな、灸《きゅう》を据えるがよいだろう」

「ああ、艾《もぐさ》なら家にある、なればさっそく」

勝之進は屋敷へと草太郎を手招きする。加門が背を叩くと、草太郎は「では」と勝之進に付いて行った。

屋敷の玄関の内から、末娘の妙《たえ》が顔を覗かせ、加門にぺこりと頭を下げた。加門も会釈を返し、己の屋敷へと歩き出した。

「お帰りなさいませ」

千秋に出迎えられ、加門は屋敷に上がる。

着替えをすませると、奥の部屋へと向かった。文机《ふづくえ》に向かっていた千江が、顔を上げる。しばらく元気のなかった千江だが、今は元に戻りつつある。

「千江、具合はどうだ」加門は近くに座ると、娘の横顔を見た。

「母に渡しておいた薬は服《の》まなかったそうだな」

小さく頷くと、千江は膝をまわして父の正面に向き直った。

「お気遣いをありがとうございました。なれど、薬は……病ではないので」

ん、と首をひねる父に、千江はひと息、吸い込むと、口を開いた。

「気落ちしていただけなのです」

「気落ち……とは、なにゆえだ」

さらに首をひねる父に、千江はまた息を吸い、吐いた。

「このあいだ、西村家の与一郎様と梶野家の節さんの縁組みが決まりましたでしょう。わたくし、節さんは兄上と縁組みを、と願っていたのです」

ほう、と加門は目を見開いた。

「そうであったか……だが、なにゆえにそう思うたのだ。節殿は……ううむ、わたしはよくわからんが」

「節さんは、しっかりとしておいでで、芯の強いお人柄。兄上は少し頼りな……いえ、人のよいところがありますから、よく支えてくださるはず、と思うたのです」

ふうむ、と加門は顎を撫でる。確かに、草太郎は人がよいといえばよい……。

「そうか、確かに妻女《さいじょ》はしっかりしているほうがよいな」

「はい、わたくし、母上を見ていてそう思います。父上も、母上があのようにお心の強いご気性なので、安心してお役目に励めるのかと」

　む、と加門は口を噤《つぐ》み、すぐにそれを笑いでほぐした。

「そうさな、そのとおりかもしれん。女《おなご》は強いほうがよい。千江、そなたはよい妻になるぞ」

「まっ、それは……」

　頬を膨《ふく》らませる娘に笑いを返しながら、加門は立ち上がった。

「まあ、しかし、縁組みはすでに決まったのだから、しかたあるまい。人の縁は思いどおりになどならないものだ。袖擦《そです》り合うも多生《たしょう》の縁《えん》、と言ってな」

「たしょう……」

「ああ、この世に生まれてくる前の、もっと以前の人世《じんせい》ということだ。そこで縁があったゆえ、この世でも縁が結ばれるという考えでな、縁というのは人の力を超えた、天の仕業《しわざ》ということだ」

「天の……」

　つぶやく千江に背を向けて、加門は廊下へと出た。

　と、隣の部屋から千秋が現れた。

「こちらへ」

と、千秋は廊下を進む。膳を取る座敷に入って行くと、妻は夫に向き直った。

「千江はああ言いましたけど……」

「なんだ、聞いていたのか」

「ええ、どのような話になるのか心配で……いえ、千江の言うたことは真のこと、わたくしもすでに聞きました」

「なんだ、知っていたのなら……」

「いえ、もう一つ、あるのです。そちらはわたくしの推察なのですが……」

千秋は抑えていた声をさらに落とした。

「気落ちの大元は与一郎殿かと」

「む、どういうことだ」

「千江は与一郎殿と夫婦になることを望んでいたのではないかと思うのです」

「千江が……与一郎殿を慕っていたと申すのか」

加門の声を抑えるように、妻は口に指を立てる。

「わたくしの勘です」

ふうむ、加門は顔を歪める。

「それで気落ちか……しかし、いたしかたあるまい」

「はい。ですから、しばらくはそっとしておきましょう」

千秋は背を向けると、台所の土間へと下りて行った。

加門は歪めたままの顔を手で撫で、ううむ、と唸った。

三

江戸城中奥。

御庭番の詰所で、加門は窓から空を見上げた。薄い雲が広がっている。草太郎と孝次郎もつられて、目を向ける。そのうしろで西村与一郎も窓を見た。

若者らの背後から、中村勝之進が声を洩らした。

「端午《たんご》の節句がすめば、次は梅雨《つゆ》の到来ですな、まったく、時の移り変わりは早いものだ」

うむ、とほかの御庭番らも頷く。

「年をとれば取るほど、早くなる」

「そうだな」

頷きながら、野尻《のじり》が声を落とした。

「端午の節句といえば……もう、言ってもよいと思うが、とんだ無駄足を踏んだのだ」

「無駄足」

加門の問に、野尻が苦笑する。

「うむ、四月のこと、薩摩《さつま》藩邸に大きな箱が運び込まれた、という話を聞いたのだ」

大藩に対しては、公儀は常に目を光らせ、動静を注視している。

「なので、探りに行ったのだ。すると、やはり、大きな木箱が運び込まれた。それも、三度も」

「ほう、武器ではあるまいな」

勝之進の言葉に、野尻が口元を歪める。

「うむ、そう思うであろう。ゆえに、そのまま見張りを続けたのだ。すると、五月の頭に、その木箱が運び出された。大きな箱や細長い箱など、全部で五箱あった」

「ふうむ、して」

皆も身を乗り出す。野尻は肩をすくめた。

「あとを付けたところ、一橋家《ひとつばしけ》に運ばれて行ったのだ」

「一橋家……ああ、端午の節句の祝いか」

「そういうことだ」

笑いを吹き出す野尻につられて、皆も笑う。

「豊千代《とよちよ》様への祝いだな」

一橋家では主の治済《はるさだ》に嫡男の豊千代、次男の力之助《りきのすけ》が生まれていた。嫡男豊千代はまだ五歳であるも、去年、縁組みが調《ととの》えられ、許嫁《いいなずけ》がいる。相手は薩摩藩当主の島《しま》津《づ》家の姫だった。

草太郎は小声で父に問う。

「御三卿なのに、公家の姫ではないのですか」

将軍家や御三家、御三卿は公家から妻をもらうのが倣《なら》いだ。

「うむ、それには長い話があるのだ」

「長い……」

「そうだ」野尻が頷く。

「五代将軍綱吉公の御側室に、伏見宮家から入られた姫がおられた。が、御子ができなかったので、姪《めい》御《ご》の姫君を養女とされたのだ」

「公家から養女をもらったのですか」

与一郎が首をひねると、野尻が頷いた。

「うむ、普通はない、が、格別のお計らいであったのだろう。その御養女はまだ四歳ほどだったということだ。だが、徳川の姫となったのだからと、まもなく縁組みが決まった、会津松平家《あいづまつだいらけ》の御嫡男とだ」

「さよう」勝之進が続ける。

「だが、その御嫡男、幼くして病で亡くなってしまったのだ。なので、しばらくして別の縁組みが決まった。有栖川宮正仁親王《ありすがわのみやただひとしんのう》であった」

「うむ」加門があとを受ける。

「だが、その親王もまた、若くして病で没したのだ」

へえ、と草太郎は眉を寄せた。

「それは、不運でしたね」

「うむ、誰しも不運と思うであろう。不運というのはやがて縁起《えんぎ》が悪い、という考えに変わってしまうのだ」

「さよう」野尻が頷く。

「縁起の悪い姫君と陰で言われ、そのあとの縁組みがなかなか決まらなかった。話を持って行っても、辞退されてしまってな」

皆が黙って頷く。そもそも将軍家からの嫁入りは、どの大名にとっても辞退したい話だ。新たな御殿を建てたり、少なくとも屋敷の普請《ふしん》をし直さなければならない。調度を揃えるのも、お付きの女中らを迎え入れるのも、大層な物入りとなる。

「気の毒ですね」孝次郎がつぶやく。

「姫君のせいではないでしょうに」

「うむ」勝之進が声を落とした。

「それで将軍となられた吉宗公も不憫《ふびん》と思《おぼ》し召してな、なれば継室としようかと、仰《おお》せになられたのだ。吉宗公の御正室はすでに亡くなられていたのでな。だが、とんでもない、と大奥から反対された」

「さよう」加門がつなげる。

「綱吉公の御養女なれば、吉宗公にとっては大叔母上《おおおばうえ》にあたられるゆえ、あってはならぬ、というわけだ」

「なるほど」

若者が、ともに頷いた。

中村が若い三人を見る。

「だが、嫁ぎ先がないままにしておくわけにはいかぬ、で、薩摩に話が持ち込まれたのだ。御嫡男は正室を亡くしておられたのでな。だが、やはり断られた。すでに側室の産んだ跡継ぎがいるゆえ、継室は必要ないと、な」

「うむ、だが、徳川家も引かなかったのだ。跡継ぎはそのままでよい、と」

加門は話しつつ、天井を見上げる。当時、城から使者が出向き、薩摩からもまた使者が来る、ということが繰り返されていたのが思い出された。

「で、薩摩のほうは、なれば、と話を持ちかけてきた。上屋敷に上下水道を通してほしいとな。それを御公儀が呑んで、姫は薩摩に嫁がれた、ということだ」

はあ、と草太郎らは顔を見合わせる。

「本当に長い話ですね」

「うむ」加門は苦笑した。

「まあ、はしょって言えば、継室として嫁がれた姫はその御嫡男をお育てになったが、徳川家との縁も大事にしたかった。そこで、その御嫡男の正室に一橋家の姫をおもらいになったのだ」

「ああ、そこでつながるのですか」

手を打つ草太郎に、

「そうだ」中村が頷く。

「で、一橋家から薩摩に入られた姫は、またしても徳川家との縁を重んじ、ご自身の産んだ息子に命じたのだ。姫が生まれたら、一橋家に嫁がせよ、とな。一橋家の豊千代様がお生まれになり、同じ頃に薩摩にも姫がお生まれになった。で、縁組みと相成った、とこういうわけだ」

うむ、と加門と野尻も頷く。

「はあ、よくわかりました。ですが……」孝次郎が声をひそませる。

「本来であれば公家の姫君をおもらいになるはずであったのに、一橋家からご不満は出なかったのでしょうか」

ふむ、野尻は片眉を寄せる。

「公家の姫君はなかなかに難しいところがあるからな……」

ああ、と中村も声を低めた。

「御子をなされなかった御台様や御簾中様も多い。公家と徳川家の婚儀は政《まつりごと》と同じ、しかたなしに嫁がれた姫であれば、夫婦仲も睦まじく、とはいかないのであろう」

「うむ」加門もつぶやくように言う。

「治済公に嫁がれた御簾中様も御子をなさないままに亡くなられた。ゆえに御側室を置かれているわけだが、できれば御嫡男は御正室から生まれたほうがよい、とお考えかもしれん」

「そうだな」野尻がそっと言う。

「それに、豊千代様の縁組みは田沼様をお使者に立てたであろう。一橋家と田沼様のつながりをより深めることになったのだから、そのほうが利するところは大きかったのではないか」

縁談が持ち上がった去年、両家の取り持ち役を担ったのは田沼意次だった。一橋家の意向ではないか、という声が交わされていた。

中村はさらに声を抑える。

「御老中方のなかでも、今、一番お力があるのは田沼様だからな。それにほかの御老中は、家格や血筋を誇るゆえ、御《ぎょ》しがたいところがある。その点、田沼様は気さくゆえ、なにかと頼み事をしやすいのだろう」

中村は加門の顔を見て、「あ、いや」と首を振った。

「なにも田沼様が御しやすい、と言うているのではないぞ」

老中を務めるのは、松平家はじめ、代々の名家の者だ。が、田沼家は足軽からはじまった家だった。

うむ、と加門は苦笑を返しつつ、腹の底で独りごちた。いや、実のところ、治済様はそう思うているのだろう、御しやすく使いやすい、と……意次は人がいいゆえ、そのような思惑には気づいていないだろうが……。

声の切れ間に、時を知らせる太鼓《たいこ》の音が響いてくる。

「お、下城の刻だ」

野尻が立ち上がると、若者二人も続いた。が、草太郎は父に近寄った。

「わたしは医学所に寄って帰ります」

「そうか」加門は息子を見上げる。

「医学所はどうなっている、海応先生がおられなくなって、大丈夫なのか」

「はい、高弟であられた青山《せいざん》先生があとを継がれました。もう、落ち着いています」

草太郎は中村勝之進にも会釈をして、出て行った。

「悪いな」と勝之進がつぶやく。

「うちの艾がなくなったので、もらいに行ってくれるのだろう」

「そうか、して、勝蔵翁の腕はいかがか」

「うむ、草太郎殿が三日おきに来てくれるので、ずいぶんとよくなった。ほんに助かっておる」

勝之進はそう言うと、加門を横目で見た。なにやら言いたそうに口を動かすが、言葉は出て来ない。

ん、と加門が見返すと、勝之進が息を吸い込んだ。が、そこに、襖の開く音が割って入った。先ほど出て行った孝次郎だ。

「お、どうした忘れ物か」

加門の問に、孝次郎は「いえ」と近寄ってくる。

「宮地様に折り入ってお話が……」

勝之進は開きかけていた口を閉じ、「では」と腰を上げる。

「わたしは失礼しよう」

会釈を交わし、勝之進と孝次郎が入れ替わった。

向かいに端座した孝次郎が、加門を見つめ、すぐに目を伏せた。口元が震えている。

「あ、あの、実は……」

声も揺れている。

「なんだ」

加門は、身を乗り出した。

四

「で、なんとお返事なさったのです」

千秋が受け取った着物を衣紋掛《えもんか》けに掛けながら夫を見る。

「うむ、今すぐに決められぬゆえ、しばし、待ってほしいと答えた。なにしろ、千江には勝手に決めてくれるな、と言われているからな」

「そうですね……」千秋は天井を見上げる。

「まあ、なれど、あの孝次郎殿が千江を妻に、とは……」

「うむ、わたしも驚いた。しかし、栄次郎殿が少し前に言っていたのだ、息子が草太郎と親しくするのは思惑があるのだろう、と。おそらくそのことだろう。栄次郎殿は気づいていたのだな」

あら、と千秋は顔を戻す。

「そもそも、本来であれば、栄次郎様からお話が来るのが筋なのではないですか。加門様とは気の置けないお付き合いなのですし」

「ふむ、わたしもそう思ってな、孝次郎殿に問うたのだ。したら、こう言われそうだ。

わたしから言えば、加門殿は断れないであろう、まずは、そなたが思いを伝えてみよ、とな」

「ああ……確かに、そうですわね。縁組みは親同士が決めるのが常ですけれど、親しい仲であれば、断りにくいでしょうね」

「そうなのだ、言われてわたしもはた、と気がついた。栄次郎殿は鈍いところもあるが、気の利くところもある、と改めて思うたぞ」

「絵を描くお方はお心も細やかなのではないですか」

「そうかもしれん、あやつの絵は細かいところまで筆が行き届いているからな。で……どう思う、そなたは」

胡座をかいた加門に、千秋は座って向き合った。

「よいと思いますよ、栄次郎様は嫌味《いやみ》のないお人柄ですし、さすれば孝次郎殿もそうなのではないですか」

「うむ、孝次郎殿は心根に歪みがない。素直すぎて御庭番としてはちと心配だが、父と同じで絵がうまいゆえ、絵図などを描いて重宝《ちょうほう》がられている」

「なれば、よいではないですか。あとは……千江ですね」

「うむ、気になるのはそこだ。千江はどうなのだろう、与一郎殿のことを今でも慕っているのではないか。そもそも、与一郎殿と孝次郎殿では、ずいぶんと違うではないか。与一郎殿は男振りもよくいかにもたくましい、孝次郎殿は体つきが細く、頼りなげに見えよう。どう思うか……」

加門の早口に、千秋はぷっと吹き出す。

「加門様もやはり娘はかわいいのですね、安心しました」

「や、それは、父なのだから……」

咳を払う夫に、千秋は笑みを向けた。

「それは大丈夫でしょう。千江が与一郎殿を慕ったのは、その見目のよさも大きいかと……恋心など、そんなものです」

「そうなのか」

「ええ、殿方とてそうではないですか」千秋は眉間《みけん》を狭めて、身を乗り出す。

「やれ、かわいらしいだの、美しいだの、色香があるだの……そもそも、色香とはなんなのです」

「そ、それは、だな……」

む、と身を引いた夫に、妻は笑い出した。

「恋心などというのは、言葉では説明のつかないもの、それゆえに儚《はかな》いのです。すぐに潰《つい》えて消えてしまいますよ」

「そういうもの、か」

「ええ、殿方はわかりませんけど、女《おなご》はそうです。もうやめ、と思ったら、きれいさっぱり終《しま》いにできるものです」

うむむ、と唸る加門に、千秋は「されど」と小首をかしげた。

「与一郎殿のことがあったばかりですから、さすがに少しは、間を置いたほうでいいでしょうね」

「む、やはりそうか」

「ええ、千江自身が、気持ちを収めるまで待ったほうがよいかと」

「うむ、そうだな、では、しばらくこの話は伏せて、ようすを見ることにしよう。孝次郎殿には待つように言っておく」

目元を弛めた夫に、千秋は「はい」と微笑んで立ち上がった。

「やっと、笑顔になりましたね」

ほほほ、と笑いながら、千秋は廊下へと出て行った。

加門は己の顔を撫でた。

五月二十三日。

御庭番の詰所の襖が開いた。

入って来た馬場《ばば》が、手にした紙を掲げる。

「新しいお触れが発布されたぞ。今、書き留めてきた」

ほう、と皆が顔を上げ、文字を目で追った。

加門も読んで、声を洩らした。

「百姓の江戸奉公を厳しくする、か」

「うむ」馬場が紙をひらつかせる。

「村を離れるさいは、村役人から出稼ぎ免状を得ることと決められた。村役人は人数と出稼ぎの年数をきっちりと限ること、とされている。江戸に出る百姓の数が、これで抑えられるであろう」

ふうむ、と皆はお触れの文字を再び目で追う。

「江戸のほうでも、出稼ぎ免状のない者は雇ってはならぬ、か。これだけ厳しくすれば、無宿人も減るかもしれんな」

「ううむ、そううまく運ぶかどうか。お触れが出れば、その裏を行く者も必ず出るであろうからな」

「まあ、まずはようすを見ることになろう。すぐに代官にお触れ書きがまわるだろうが、効果が知れるまでしばらくはかかるであろう」

口々に言いながら、頷き合う。

加門は町で見た無宿人の乱闘を思い出しながら、廊下へと出た。

確かに、これ以上無宿人が増えれば、江戸の町も荒れる一方だ。うまく功をなせばよいが……。

町に出てみようか、と思うが、すぐにそれを収めた。今、行ったとて、なにも変わってはいまい……。

中奥の廊下で加門は立ち止まる。と、その目を角に留めた。

草太郎だ。立ち話をしている相手は意知だった。

意知は父の意次と同じく、中奥でも城表でも務めをしている。すでにその才覚を認められ、まだ父が隠居をしていない跡継ぎの身ながら、いろいろのお役目で忙しくしている。

二人はすぐに別れ、離れて行った。

「草太郎」

加門の呼び止めに、息子が振り返る。

「あ、父上、ちょうどよいところに」

近づいて来た草太郎は、小声になった。

「今、意知殿から、誘いを受けたのです」

「誘い」

「はい、平賀源内殿のエレキテルを見に行くそうです。御部屋様もご一緒だそうで、我らもともにどうか、と。源内殿もそう言われたそうです」

「ほう、そうか、それは受けようではないか。そなたも見たいであろう」

「はい、ぜひ」

草太郎は目を輝かせる。

よし、と加門も息子の肩を叩いた。

五

加門は、話をしながら前を歩く草太郎と意知を見つめていた。

神田橋の前で落ち合ってから、両国橋へと向かう道筋だ。行き先は大川の向こうにある平賀源内の屋敷だ。

加門はちらりと背後を見る。供についてきた田沼家の家臣二人は、神妙にあとに続いている。ために、加門は御部屋様と呼ばれている早代と並んで歩くこととなった。

加門はちょうど目の高さにある早代の櫛に目を留めた。

「おや、それは菅原櫛《すがわらくし》ですな」

「ああ、はい」と、早代は櫛に手をやった。

「源内様がくださったのです。いえ、殿がお代をお渡しになってましたけど」

源内は去年、独自の櫛を作って売り出した。

普通の櫛は一枚の木から作るが、源内は上の棟《むね》の部分を香木の伽羅《きやら》で作り、下の櫛歯を象牙《ぞうげ》で作って組み合わせる、という方法をとった。伽羅はもろいため、棟を銀で縁取りをし、金銀などの細工を施したのだ。美しく贅沢《ぜいたく》なその櫛を菅原櫛と名付け、源内ははじめ、吉原《よしわら》の人気花魁《おいらん》である雛鶴《ひなづる》に進呈した。流行を生み出す花魁によって、櫛はまたたく間に評判となり、菅原櫛を求める人々が店に殺到した。源内は櫛やほかの細工物を売る店を、町に借りていたのだ。

菅原櫛は一分二朱《いちぶにしゅ》から二分ほどの高値であったが、作った百枚ほどがまたたくまに売れた。その人気に目を付けた商人は、たちまち偽物を作って売り出した。源内櫛と呼ばれたその櫛も、よく売れていた。

「ほう」と加門は櫛の細工を見る。数人の細工師を雇って作らせたと聞いていた。

「見事な細工だ」

「ええ」早代は微笑む。

「それに伽羅がよい香りなのですよ」

「なるほど、よく考えたものだ」

「それにこれも」

早代が胸元から懐紙入れを取り出した。金唐革《きんからかわ》と呼ばれる細工だ。が、本物ではない。本来の金唐革はなめした革に文様を描き、金漆《きんうるし》を塗った物だ。それを、源内は紙で作ったのである。革に見劣りすることもなく、これもまた評判となっていた。

「ふうむ」加門は感心する。

「独特な陶器も作ったというし、源内殿の多才ぶりには驚くばかりだ」

「ええ、真に……」

話しながら、賑わう両国橋を渡り、一行は川沿いに下った。

以前に聞いた道を入ると、すぐに源内の屋敷は見つかった。

源内が笑顔で迎え出る。

「や、お待ちしておりました、ささ、どうぞご覧を。エレキテルセエリテイ、長いと覚えにくいのでエレキテルと呼んでいます」

源内はにこやかに奥へと案内した。

部屋には小ぶりの台が置かれ、そこにさほど大きくない木の箱が載っている。

「木箱では素っ気ないので、文様を描きました」

色鮮やかな葉のような絵柄が描かれている。

「ですが、この文様は仕組みに関わりがありません」

箱を取り囲んだ四人を、源内は見渡す。

「エレキテルはここをご覧ください」

箱からは金《かね》の棒が突き出て、その先端では横に二本の短い棒が出ている。上下に並んだその棒を、源内は指さした。

「この二本の棒のあいだにはなにもありません」指で間の空を切る。

「ですが、こうすると……」

源内は箱の裏についた取っ手をまわしはじめる。

箱の中で音が鳴り、やがて、棒が振動した。と、先端の二本の棒のあいだに、光が放たれた。

「おおっ」

意知らから漏れる声に、源内は笑顔を向ける。

光は二本の棒のあいだで輝き続ける。

「なんと」と加門は首を伸ばした。

「まさしく、雷のようだ、これはいったい……」

「まあま」早代も顔を近づける。

「なんとも、不思議な……」

草太郎は横歩きして角度を変えながら、「ううむ」と唸る。

源内は胸を張ると、

「はい、この光がエレキテルです」

そう言って手を止めると、光もすぐに消えた。

ほうう、と皆の声が重なる。

「これはどういう仕組みなのです」

意知の問に、源内は笑顔の片頬を歪めた。

「いや、うまくは説明できないのです。阿蘭陀人から話を聞き、本も読んだのですが、本に書いてあることも、いま一つ、わかりにくく……ですが、こうして復元には成功しました」

「ううむ、いや、復元しただけでもすごい」

加門のつぶやきに、源内の笑顔から歪みが消える。

「七年近くかかりましたが」

「して」早代が身を乗り出した。

「これはどのように使うのですか」

はい、と、源内は台に置いてあった細い金《かね》の糸を取り上げた。

「これをこう横の棒に結んで……」

また取っ手をまわす。二本の棒のあいだにまた光が生じた。

「エレキテルが出ると金の糸に伝わります、で、糸の先を痛みのある箇所へ当てるのです」

源内は竹を曲げた鋏《はさみ》で糸をつまみ上げた。

「痛み、ですか」

意知は小首をかしげながら、手を糸の先へと延ばした。

加門は物怖《ものお》じしない意知に笑顔を向けた。

父の意次も小さいことにこだわらないおおらかさがあるが、意知はさらに気持ちの持ちようが大きい。利発さは親子ともどもだが、意次が生真面目《きまじめ》なのに比べ、意知は考え方や物事の捉え方が柔軟だ。意知殿は父を超えるかもしれんな……。加門は笑顔の下で思った。

源内が糸の先を意知の手の甲へと当てた。

「おう」と意知は手を引く。

「ぴりぴりとする」

はい、と源内は手を止めた。

「エレキテルは身体の痛みを取り除くのです。火をもって火を除く、という仕組みです」

「火、とは、どういう……」

意知が首をひねると、草太郎が「ああ」と手を打った。

「身体の痛みは、邪気が集まって火のようになることで生じる、と考えられているのだ。そこに外から火を当てて身の内の火を散らす、ということでしょうか」

「まさに」源内が頷く。

「さすが、宮地家の跡継ぎですな、そういうことです。漢方では、灸を据えますが、あれは火によって気の巡りをよくするわけですな。それとともにそこにたまった邪気としての火を散らし、痛みを消す仕組み。阿蘭陀でもその方法に気づいた人がいたのでしょう。すでにあちらでは、手当ての道具として使っているそうです。いや、これは医術を変えますぞ」

へえ、と早代が棒を指で触れる。

「これは普通の金の棒なのですか」

「はい、箱も棒もありきたりのもの、そこを流れるエレキテルが特別なのです」

ほう、と早代は息を吐く。

「量程器といい磁針器といい、このエレキテルといい……仕組みも謎ですが、それを作る源内様のおつむはもっと謎です」

「ええ」意知は腕を組む。

「しかし、このエレキテル、これだけの火が出るのであれば、もっとなにかできるのではないですか。この火が消えずに灯り続ければ、行灯《あんどん》はいらなくなりましょう、世が変わるかもしれない」

「いやぁ」源内は苦笑を浮かべた。

「それはわたしも考えたのですが、さすがに、そこまでの仕組みは思いつかないままで……いや、意知様の目の付け所はさすがですが」

「ふうむ」と加門は棒を撫でる。

「いや、これで痛みを取ることができれば、それだけでも大したもの。病人のようすはどうです、効き目は出ていますか」

「や、それが」源内は苦笑を深める。

「この火を見ると、皆、怖れてしまって、なかなかやってみようとする人がいないのです。今は、手当てよりも、ただ火を見るだけの人ばかりで……」

　評判は少しずつ広まっており、それを聞いた大名が屋敷へと呼び、源内はエレキテルを持参して見せたりもしていた。見に来る人も含め、皆、見物料を払う。

「まあ、おいおいです、これからは広く人にお披露目をしますから、効き目を試す機も増えるでしょう。それはそうと……」源内は身を翻《ひるがえ》して、襖を開けた。

「ささ、こちらへ、膳の用意をしておきましたんで、皆様、おくつろぎを」

　並べられた膳を源内は手で示す。

「これはかたじけのうございます」意知は言いつつ、入って行く。

「では、さらに話を聞かせていただきましょう、せっかくの機です」

「はい、わたしにもいろいろ教えてください」

　草太郎も続く。早代と加門も、頷き合って続いた。

「はい、ささ、どうぞ」

源内は愛想よく、皆を招き入れた。

六

加門は朝餉をすませて縁側に出た。

庭には亡き母光代《みつよ》が植えた草木に花が咲いている。鮮やかな皐月《さつき》の花を眺めていると、千江が隣に立った。

「父上、今日は非番なのですか」

「うむ、そうだ」

その背後を、草太郎が通る。

「父上、わたしは医学所に行って来ます。薬園《やくえん》の蓬《よもぎ》摘みを手伝うことになっているので」

「蓬とは、草団子《くさだんご》を作るのですか」

振り向いた千江に、「馬鹿」と兄は笑う。

「蓬を干して艾にするのだ」

笑いながら草太郎は玄関へと向かって行った。

　千江は肩をすくめて、父を見上げた。

「父上、わたくし、前に言われたこと、深く呑み込めました。縁は天の仕業、というお話です」

「ほう、そうか」

「はい、わたくしは兄上と節さんのこと、縁があるもの、と思い込んでいたのです。いえ、あってほしいという願いであって、はじめからなかったのでしょう。それに気づきました」

「うむ、そうか。願いというのは欲でもある。欲は人を迷わせ、惑わせるものだ。気づけばその迷妄《めいもう》も消える」

「はい」千江は頷いた。

「さっぱりと消えました」

「まあ」千秋がやって来た。

「千江は呑み込みが早いこと」

　言いながら、加門に目顔を送る。加門もそれに応えると、咳を払った。

「縁組みといえば、千江、そなたにも一つ、あるのだが……」

　は、と千江は並んだ父と母を見た。

加門は吉川家のほうを目で示す。

「孝次郎殿から直々に話があった。千江を妻にしたいそうだ」

「はぁっ」千江の声が裏返る。

「つ……わたくしを、ですか……孝次郎様、が……」

「ええ」千秋が首を伸ばして娘を見る。

「そなたはどう」

「どう、と、いきなり言われましても……え、その話、お受けしたのですか」

「まだだ」加門は首を振った。

「そなたが勝手に決めてくれるな、と申したゆえな。吉川家も父の栄次郎ではなく、孝次郎殿本人に言わせたのだ。あちらも家同士で決めず、当人の意を重んじようという配慮であろう。ゆえに、こうしてそなたに訊いているのだ。どうだ」

は、と千江は両手を合わせる。

「孝次郎様、は、そのような目で見たことはなく……穏やかでよいお人柄、だとは思いますけれど……」

言いながら、千江の頬がうっすらと赤くなる。

その顔を覗き込みながら、

「急いで決めずともよい」千秋が微笑んだ。

「父上が、返事はお待ちいただけるように言ってくださっているのです。そなたも突然に言われても困るでしょう」

「うむ」加門は赤くなった娘から目を逸らせた。

「ゆっくり考えるがよい。縁の糸は天から降ってくるものだとしても、人にはそれを切ったり繫《つな》いだりするくらいの力はあるのだ」

はあ、と頷いて、千江はくるりと背を向けた。小さな足音を立てて、奥へと駆けて行く。

ふふふ、と千秋は笑う。

「まんざらでもなさそうですね」

「む、そうか」

「ええ、女《おなご》は好かれれば誰でもよい、というわけではありません。殿方はわかりませんけれど、女は、嫌う殿御から好かれると、かえって気持ちの悪いものなのです」

「ふうむ」加門は部屋へと入って行く娘を見る。

「女の心は難しいな……だが、まんざらでもないのなら、教えておいてやるか」

加門は踵を返した。

「出かけるとする」

腕を振って、妻を振り返った。

屋敷を出て吉川家へと向かう。

縁側で絵を描く栄次郎を見つけると、

「入るぞ」

と、加門は寄って行った。

「おう」と、顔を上げた栄次郎の横に、加門は腰を下ろす。

「孝次郎殿はお城か」

「うむ、とうに出仕した。用だったか」

「いや、そなたから伝えてくれ。千江に縁組みのことを話したのだ」

「おっ」栄次郎は筆を置いて、身体を捻る。

「どうであった」

「うむ、驚いていた」

「驚いて……それはそうか、して、いやとは言わなかったか」

「ああ、いやとは言っていない」

「いやそうな顔は、していなかったか」

「ふむ、いやそうな素振りはなかった、むしろ、はにかんでいたぞ」

そうか、と栄次郎は面持ちを弛めた。

「いや、なればよかった。断られるのではないかと、心配しておったのだ。孝次郎のやつも、ずっと落ち着かぬようすでな、悪いほうへと考えが向くようで……」

「お、それは待たせて悪かったな」

「なに、これでひと安心だ……いや」栄次郎は腕を組む。

「まだ、安心は早いか……千江殿がその気になってくれねばな。無理を強《し》いての縁組みは不和の元だ」

「うむ、それは確かに」

「よし」栄次郎は立ち上がった。

「あとは孝次郎だ、やつめに待っているだけではだめだ、と教えてやる」

ほう、と加門も立ち上がった。

「まあ、その辺はまかせる。また出番があったら、声をかけてくれ」

加門は笑顔を向けて歩き出した。

神田のにぎわう道を、加門は縫って歩く。

すでに馴染んだ長屋の木戸をぐぐって、加門は与平の家の前に立った。いつものように、作業台に向かっていた与平がすぐに気がついた。

「あ、これは宮地様」

「邪魔《じゃま》するぞ」

土間に入ると、与平は身をひねって紙を手に取った。

「お待ちしてやした、新しい下図でさ、見てください」

加門は受け取って、目を落とす。竹の風情が前よりも力強くなっている。

「ほう、よいではないか」

「そうですか」与平が腰を浮かせた。

「あれから何度も描き直して、これになりやした。お武家様の強さが出ているかと」

「うむ、出ている。これで作ってくれ」

「へい」与平が破顔《はがん》する。

「いやぁ、よかった」

腰を落としたものの、それをすぐに上げた。

「あ、ですが、作るほうはもうちいっと、時をいただけるとありがたいんで、その……よい金《かね》を使いたいんで……」

加門は作業台を見る。細工で使う金の板は、幾種類かを混ぜて作る合金だ。それには質の良し悪しがある。よい物は値が張るため、すぐに手に入れるのは難しいのであろう。

「うむ、かまわん、急いではいないのだ。来年でもよい。そうだ、決まったのだから、いくらか前払いしておこう」

加門は懐から一分金を取り出すと、そっと台の隅に置いた。

あ、と与平は金の粒と加門を交互に見る。

「や、こんなに……」

「かまわん、とっておけ」

へえ、と与平はそれを手にして、額の上に掲げた。

「ありがとうござんす」

「なに、まだ若いのに親方を突然失っては大変であろう。そなた、頼れる者はいるのか」

加門は前から気になっていた、がらんとした部屋の中を見る。柳行李《やなぎごうり》が一つと布団しかない。

いえ、と与平はうつむく。

「兄弟子《でし》らは独り立ちしたり、ほかに移って行ったり、散り散りになって……」

「ふむ、親兄弟はいないのか」

「へえ……親はいるにはいたんですが、あっしはガキのころに奉公に出されて、転々と移されて……盆や正月にも親元に戻った覚えはないんで、口減らしに捨てられたんでしょう」

そうか、と加門は流し台に置かれた一つだけの茶碗を見た。

親に捨てられた子は、世の中で軽んじられる。さぞかし苦労を重ねてきたことだろう、と、加門は茶碗から与平に目を移した。

「なに、手に職があれば、稼ぐことができる。稼げば、胸を張って生きていける。立派な職人になって、世の中を見返してやるのだろう」

「へい」与平は胸を張った。

「もう二度と人から馬鹿にされたりなんぞしねえ、いっぱしの職人になりやす。公方様の御刀を飾る職人になってみせまさ」

「うむ、その意気だ」加門は頷いてみせる。

「では、頼んだぞ」

笑みを向けて外へと出た。

「へい」

という与平の声が、戸口から追って来た。

第三章　疑わしき人々

一

下城して着替えの終わった加門を、廊下から草太郎が覗き込んだ。

「父上、少し、よいですか」

「うむ、入れ」

胡座をかいた父の前で、息子は正座する。

黙って言葉を待つ加門に、草太郎はおずおずと口を開いた。

「実は、勝蔵翁に灸《きゅう》を据えているときに聞いた話なのですが……」

「ふむ、なんだ」

「尾張家《おわりけ》のことで……」草太郎が声をひそめた。

「四代藩主の徳川吉通《よしみち》様とその跡継ぎの御子は毒を盛られて死んだらしい、と聞いたのですが、父上もその話、ご存じでしょうか」

　ああ、と加門は眉を寄せた。腕を組みつつ、加門も声を落とす。

「そういう話はあった。吉通公が亡くなったのは二十五歳の若さであったし、膳を摂《と》られたあと、いきなり血を吐いて死んだ、という話だ」

「やはりそうなのですか、その折、奥医師が側《そば》にいたにもかかわらず、手当てすることもなく、ただ見ていた、と……」

「うむ、そういう噂もあった。だが、噂ゆえ、どこまでが真のことなのか、わからん。そもそも、吉通公は普段から酒量が多く、血を吐くことがあったそうだ。いや、それも噂ゆえ、真かどうかわからんが」

「血を吐いたのは毒のせいではない、と言わんがために、そのような噂が流された、というふうにも考えられますよね」

「ふむ、そういう考え方もできるな」

「で……跡を継がれたのが、まだ三歳の嫡男であられたそうですね、五郎太《ごろうた》様という」

「そうだ、吉通公には御子が三人おられたが、男子は五郎太君《ぎみ》お一人であったのだ」

「で……」草太郎は膝行《しっこう》して間合いを詰める。

「その五郎太様も二ヶ月後に急死なされた、と……それゆえ、跡継ぎになられたのは吉通公の弟君の継友《つぐとも》様だったのですよね。その継友様、五郎太君が亡くなった翌日に大祝宴を開いたとか」

うむ、と加門は口を曲げる。

「その話は江戸にも伝わって来た。御公儀から遣わした御附家老《おつけがろう》様らが、あまりに不《ふ》謹慎《きんしん》とお叱りになったそうだ。継友公は妻さえ持てぬ部屋住みの身で、長年、不遇の暮らしに耐えてきたお方であったからな、藩主の座を得たことで、我を忘れたのだろう」

「藩主の座を自らつかんだ、ということではないのですか。吉通公と五郎太君がいなくなれば、と」

息子の問に、加門は顔を歪めた。

「確かに、そういう噂も流れた。だが……」

加門も膝行して、息子と顔を突き合わせる。そして、さらに声を低めた。

「御庭番として、知っておいたほうがよいと思うから言うのだぞ。吉通公が亡くなられたときには、別の噂も流れたのだ」

「別の……」

「そうだ、吉通公は将軍の座に着く道があったゆえ、だ」

え、と草太郎の喉が鳴った。

「家宣《いえのぶ》公が亡くなられたときだ」

加門は眉を寄せた。

第六代将軍家宣は綱吉公の跡を継いだが、三年の在位で病により世を去った。男子がいたものの、まだ五歳という幼さであったため、病床の家宣は〈跡継ぎは尾張の吉通にしてはどうか〉と家臣らに言っていた。尾張は御三家の筆頭であり、吉通は英明との評判も高かったためだ。

「しかし」加門は言った。

「お城の重臣方、新井白石《あらいはくせき》様などが、幼いとはいえ将軍の嫡男が継ぐのが正当と、幼い家継《いえつぐ》様を将軍に決めたのだ」

「吉通公は……」

「その翌年に亡くなられた。その二ヶ月後に五郎太様が続いた。そして、継友公が当主に着いたのだ。問題は、江戸だ。家継様もその三年後に亡くなったのだ」

「あっ」草太郎が声を洩らす。

「それで吉宗公が将軍に就《つ》かれたのですよね」

「そうだ、吉通公が健在であれば、将軍の座はそちらに決まったであろう。ゆえに、また別の噂が流れたのだ。吉通公が亡くなる前、名古屋城《なごやじょう》の周りを、紀州の間者《かんじゃ》がうろついていた、という」

「紀州の……では、吉通公は吉宗公によって暗殺された、ということですか」

「だから、噂だ。将軍を継いだのが吉宗公であったため、もっとも益した者として、人の疑いの目が向けられたのだろう」

草太郎が静かに息を吐く。

「そうだったのですか……勝蔵翁の話を聞いたときには、継友様が毒を盛ったのかと、驚いたのですが……吉宗公の噂は初めて聞きました」

加門は顔を寄せる。

「我ら御庭番は吉宗公にお仕えして江戸に来た身。そのような噂は信じておらぬし、あり得ぬことだと思うている。だが、そうした噂が流れたのは確かだ。これもまた、軽々に口にしてはならぬぞ」

はい、と草太郎は頷く。と、その顔を天井に向けた。

「しかし……毒殺や暗殺という話は、珍しくもないのですね」

「うむ、長い歴史を振り返れば、そのような話はいくらでもある。いずれも、真偽のほどはわからないままだがな」

父の言葉に、息子は「はあぁ」と息を吐いてうつむく。

「海応先生にもっと毒草のことを教えてもらえばよかった……」

ふっと、加門は苦笑する。

「だが、実際にそうそう起こることではない。毒草よりも、よく効く薬草のことを学ぶことだ」

はあ、と草太郎は顔を上げた。

「そうですね、そうします」草太郎はいきおいよく立ち上がる。

「毒草よりも薬草、ですね」

「そうだ、医術は殺すためのものではない、生かすためのものだ」

加門の言葉に、「はい」と笑顔を見せて、草太郎は出て行った。

加門は、ふう、と顎を撫でた。

二

加門は北の丸を歩いていた。先日、草太郎と跡目争いの話をしたせいで、昔のことが思い出され、足が向いたのだ。

目の先あるのは田安《たやす》家の屋敷だ。吉宗の立てた徳川御三卿の筆頭であり、北の丸の田安御門《ごもん》の内にあるため、田安家という通称で呼ばれるようになっていた。

田安家の当主である徳川宗武はすでに世を去っている。三人成長した男子は、二番目の定国《さだくに》が伊予松山《いよまつやま》の松平家に養子に行き、末弟の定信《さだのぶ》は陸奥白河《むつしらかわ》の松平家に養子に行っている。嫡男の治察《はるあき》は当主を継いだものの、正室を娶《めと》る前に病で没し、あとを継ぐ者がいない空屋敷となった。が、宗武の母と正室が健在であったため、田安家も屋敷も残されることとなった。

しかし、と加門は屋敷を眺めながら思う。

宗武や治察、定信がいた頃には人の出入りも多く、活気があったが、今は静まりかえっている。

加門は宗武の姿を思い出していた。

気の強さが表れた力強い歩き方だった。声も張りがあり、胸を張って、堂々と人と接する。すべてにおいて、我こそが将軍にふさわしい、という振る舞いだった。

おそらく、と加門は思う。最後まで忸怩《じくじ》たる思いを捨て得なかったのだろう……。定国も定信も、その意を継いだかのように、誇り高い振る舞いだったのを思い出す。もしものときには将軍を継ぐ身、という覚悟を、宗武から教え込まれたのかもしれない……。

加門はしんとした田安家の屋敷に背を向け、歩き出した。

そこから木立を抜け、清水家《しみずけ》へと歩く。御三卿の一家で、清水御門の内にある。当主は先の将軍であった家重の弟、重好《しげよし》だ。兄弟仲はよく、兄の家治は御台所を伴って屋敷を訪れたりもしている。重好にも伏見宮家から入った御簾中がいる。が、長年経つものの未だに子はない。

木立のあいだから屋敷を見つつ、加門は眉を寄せた。

御夫婦仲が睦まじくないのだろうか……。いや、なれば側室を置けばよいのに、それもしていない。御身体が弱いと聞くがそのせいなのか、それとも女がお好きでないのか、そもそも人を好まれないのか……。

田安家の宗武は人と交わるのを好み、登城も頻繁《ひんぱん》だった。御政道に関わったり、大名方と付き合うのも楽しみとしているのが見てとれた。弟の宗尹も兄ほどではないにしろ、活発だった。が、重好は出歩くことも好まず、屋敷にいることが多い。

もう少し表に出てくだされば、家基様が将軍を継がれたあと、叔父上として頼ることもできようが……。

加門は小さく息を吐いて歩き出す。

清水御門を出て、一橋御門へと向かった。

当主は徳川宗尹の息子の治済だ。

御三卿のなかでは最も格下とでもいうように、この屋敷は内濠《うちぼり》の外にある。並びにあるのは田沼意次の屋敷だ。

加門は一橋家の塀沿いに歩く。

中から人々の声が漏れ聞こえてきた。

治済の御簾中は病で没したが、そのあと、意次の差配で入った側室のお富《とみ》はすでに二人の男子を産んでいた。さらに、今も懐妊中であり、九月には三人目の子が生まれることになっている。

また男子であったら……。加門は塀を見上げる。治済様は大層喜ばれるであろうな……もっとも軽んじられた一橋家が、一番栄えることとなるわけか……。

加門は一橋家の屋敷を離れ、進む。先にあるのは田沼家だ。門前には人々が列をなしている。屋敷の門前は、陳情のために訪れる人の列も途切れることがない。意次は武士、町人、商人と身分を問わずに通し、陳情を聞く。困り事の訴えもあれば、商いの要望や提案などもあり、内容に縛りはない。それが評判を呼び、訪れる人は増える一方だった。もっとも、意次自身がすべて目通りをするわけにはいかず、家老や重臣らが、人々の相手をして話を聞き、そこから意次へと上げられていく。これは、と思う意見や提案などがあれば、意次が直《じか》に話しをし、取り上げたりもしている。

加門は列をなす人々を横目で見ながら歩く。すがるような面持ちや大望を抱いた笑顔、ほくそ笑む者など、さまざまだ。

老中といってもそこまでする者はいないのに、意次らしいな……。加門は笑みを含んで、城の道を戻った。

下城の刻、本丸を出て坂を下っていると、

「宮地殿」

と、うしろから声が追って来た。

中村勝之進が早足で来る。

「共によいか」

並んだ勝之進「おう」と頷いて、加門は澄んだ青空を見上げる。

「すっかり秋だな、八月も終わりだ」

「うむ、この時期であればと、わたしは先日、エレキテルを見に行ったのだがな、人が多くて、見ることができずに帰って来た。そなたは早くに見たのだろう、幸いであったな」

エレキテルは広く公開するとたちまち評判を呼び、七月には大勢の人が押しかけて騒ぎになっていた。加門は、ははは、と笑う。

「江戸の者は新しもの好きだからな」

「まったくだ」

世間話を交わしながら、二人は外桜田《そとさくらだ》御門《ごもん》を抜けた。濠を渡れば、御庭番御用屋敷はすぐ近くだ。

「ところで」勝之進は顔を向けた。

「昨日、非番だったので、吉川の栄次郎殿と碁を打ったのだ。で、聞いたのだが、孝次郎殿とそなたのところの千江殿の縁組みが決まったそうだな。うれしそうに、話しておったぞ」

「や、それは……まだ、正式に調《ととの》ったわけではなく……」

「だが、これから調えるのだろう、よい話ではないか。それでだな、わたしからも話があるのだ」

勝之進は首を伸ばして加門を見つめる。

「うちの妙と草太郎殿はどうだろう」

え、と加門は目を見開く。

「どう、とは……」

「だから、縁組みだ」

は、と驚く加門を先導するように、勝之進が先に立って御用屋敷の門をくぐった。

「実はな」勝之進が小声になる。

「これは妙の願いなのだ」

「妙殿の……」

「うむ、妙は草太郎殿を慕っているのだ」

勝之進は中村家へと歩きながら、加門を振り向いた。

「屋敷に寄って行ってくれ、妙とも会ってくれまいか」

む、まあ、と戸惑う加門にかまわず、勝之進は屋敷の玄関を開けた。

「戻ったぞ」

出迎えた妻に加門を示し、茶を淹《い》れろ、と言いながら目配せをする。

「ささ、奥へ」

勝之進に促され、加門は奥の部屋へと進んだ。中村家は何度か訪れているが、加門は改めて部屋を見渡す。床の間《とこのま》には山水の絵が掛けられ、花も生けられている。

加門は絵を見るふりをして、勝之進を見た。にこやかに端座している。

「いらせられませ」

廊下から澄んだ声が流れ込んだ。

妙が三つ指をついてから、盆を手に入ってくる。

「どうぞ」加門の前に茶碗を置いた。

「粗茶でございますが」

ちらりと見上げる妙に、加門は目を逸らして咳を払った。

妙は父より少し下がって、横に並ぶ。

勝之進も大きく咳を払う。

「妙は十八です、明日にでも嫁入りできる」

茶を口に含んだ加門は吹き出しそうになり、慌てて呑み込んだ。が、咽《む》せる。

「や……」

口元を押さえながら、加門は親子を見た。

妙は父の隣で、ほんのりと頬を染めて顔を伏せている。

いや、と加門は息を整えた。

「今日の今日でいきなり嫁入りとは……」

「おう、そうでしたな」勝之進は頷く。

「こちらは以前より考えていたので、いきなりとは思わず……いや、千江殿の縁談を聞いて、ぼやぼやしてはいられない、と気が急いてしまいましてな」はは、と笑う。

「いや、妙が草太郎殿を慕う気持ちも、もう長いのです。なんでも、十四の頃からだそうで、まあ、わたしも聞いて驚いたのだが」

妙は頬をさらに赤くする。

「そう、でしたか」加門は残っていた茶を飲み干した。

「しかし、なにゆえに草太郎を……」

言いつつ、まあ、千秋に似て顔は見栄えがよいが、と思う。だが、見目で芽生えた恋心など花のようなもの、しおれるのも早かろう……。

妙は顔を上げた。

「草太郎様はおやさしいのです……十四の折、わたくしが指に棘《とげ》を刺してしまって難儀をしていたところ、草太郎様が抜いてくださったのです」

「ほう、そうでしたか」

加門が妙を見返すと、勝之進が言葉をつなげた。

「で、それ以来、棘が刺さると草太郎殿を頼ったらしくてな、なんでも、痛くないように抜いてくれるそうだ」

「はい、幼い頃父上にお願いすると、血が出て大層痛く、涙も出るほどでした」

「な……」勝之進が仰《の》け反《ぞ》る。

「わ、わたしとて、やさしくやった、つもり……や、つもりではあったが……そなたはよく棘を刺すゆえ……」

勝之進は首を掻く。が、あっと、その手を離して娘を覗き込んだ。

「ややっ、もしやそなた、近年はわざと棘を刺していたのではあるまいな、年頃になった娘がしょっちゅう棘を刺して、粗忽者《そこつもの》めと思うていたが」

妙が顔を真っ赤にしてうつむく。

なるほど、と加門は顎を撫でた。草太郎に棘を抜いてもらうために、か……。

「ふうむ、妙殿にそのように慕ってもらえるとは、草太郎にとっては過ぎる果報……

されど……」

腕を組む加門に、父と娘は顔を強《こわ》ばらせた。

「ああ、いや」加門は面持ちを弛める。

「お話はありがたきこと……ただ、我が家の家風というか、当人の意志を大事にするというのが決まりになっておるゆえ……」

ああ、と勝之進はほっとして頷いた。

「それは道理、草太郎殿のお気持ち次第です。妙もそれでよいな」

隣の妙は頷くと、

「よろしくお願いいたします」

深々と手をついた。

「いや、こちらこそ……」加門も一礼すると二人を見た。

「では、しばし、お待ちくだされたい。折を見て話をしますので」

「はっ、よしなに」

勝之進も手をつく。

加門は並んだ親子を見比べた。勝之進殿は妙殿がかわいくてしかたがないのだな……。そう思うと、面持ちが弛む。よし、と加門は腹の底で頷いた。

屋敷に戻って、妻の千秋にさっそくに話す。と、

「まあ、今度は草太郎ですか」

と、目を丸くした。その目を伏せると、そうですねえ、とつぶやく。

「中村家とのご縁はけっこうだと思いますけど、妙さんのことは、わたくしよくわかりませんし……草太郎に話をする前に、千江にそれとなく聞いてみたほうがよいかと。娘同士の付き合いで、よくお人柄もわかっているでしょうから」

「ふむ、それもそうだな。では、そこはそなたにまかせよう」

加門は腹の底の意気込みを、そっと鎮《しず》めた。

三

神田新銀町に向かって、加門は歩いていた。

道々、行き交う男達を横目で見る。いかにも無宿人という風体《ふうてい》の者らが、職人ふうに混じって多く歩いている。

村から江戸に出る者は、数や年数を限るようにお触れが出されたのを思い起こす。

あまり、効果は出ていないようだな、と加門は胸中でつぶやいた。定めができれば、

裏道もできる、というやつか……。

加門は小さく首を振って、吉兵衛長屋への辻を曲がった。

長屋に足を踏み入れると、加門はいつものように、開け放たれた与平の戸口に向かった。と、手前でその足を止めた。

中から男が出て来たのだ。

崩れた着こなしの着物に、左を懐手にしている。肩を揺らして、中を振り向くと、

「またな」

と、吐き捨てるように言って、歩き出した。

加門は脇にずれて、男を見送った。

そっと戸口に近づくと、与平の背中が見えた。畳の上に散らばった何かを拾っている。一文銭だ。

加門は長屋の木戸を出て行こうとしている男の背を見た。

あの男がばらまいたのか……いや、そうではなかろう、与平が渡した銭を投げつけた、一朱や一分の金だけを取って……ふむ、そちらだろう……。

加門は考えを巡らせつつ、

「与平」

と、声をかけた。

はっ、と振り向いた与平は、慌てて向きを変えた。

「これは、宮地様」

膝で進み出て来る。

加門は少し迷ったあと、口を開いた。

「今、出て行った男がいたが」

はあ、と与平は顔を歪めた。

「あれは、兄弟子《でし》……だったお人で……」

「ほう、では、今はどこかで独り立ちをしているのか」

「いえ」与平はうつむく。

「まだ親方が元気だった頃に、喧嘩をしやして、手をだめにしたもんで……破門されて、それで親にも勘当をされて……」

「む、では、無宿人になったのか」

「へい。よくねえ仲間がいるようで、ときどき、金を貸せと、やって来るんでさ」

ふうむ、と加門は与平が口惜しそうに握る拳を見た。思ったとおり、か……。

「そうか、厄介《やっかい》だな。だが、元は兄弟子となると、無下にはできないか」

「へえ、世話になったといやあ世話になった……さんざん殴られ蹴られしながら、でやすが」与平は苦笑する。と、すぐにそれを弛ませて、傍らの箱を引き寄せた。

「あっと、それよりも旦那、見てくだせえ。目貫を作ってみたんで」

蓋《ふた》を開けた箱が差し出される。

中には細工を施された小さな目貫が二個、入っていた。

ほう、と加門は取り上げて目の前に掲げる。竹の文様が浮き彫りになっている。派手でなく、地味でもない、よい風情だ。思ったとおり、この男、よい才を持っている……。加門は思いつつ、心配げに見上げる与平をちらりと見た。

加門は目顔で微笑んで、目貫を刀の柄に当てる。と、ぐっと握った。

「おう、手に馴染むな」

「そうですか」

「うむ、これならよい滑り止めになる。よいぞ」

加門の笑顔に、与平は浮かしていた腰を下ろした。

「ああ、よかった。そいじゃ、目貫はこれでよござんすね」

「うむ、この調子で小柄と笄を頼む」

へい、と目貫を受け取った与平は頭を下げて、すぐに顔を上げた。

「あのう、小柄は紙なんかを切るんですよね。で、笄は頭に使うって聞いてるんですが、どうやって使うんでやしょう」

ん、と加門は腰の刀から笄を抜いて見せた。

「こうだ」と、細長い笄を当てて鬢《びん》を整える。

「それと、こうも使う」

笄の先を立て、鬢の奥を掻く。

「頭がかゆいときに掻く。手でやると鬢が崩れるからな、便利なのだ」

はああ、と与平が口を開いた。

「なるほど、親方から笄は尖らせちゃならねえ、と教えられたんですが、よっくわかりやした」

与平は笑顔になった。

加門も面持ちを弛めると、懐に手を入れた。巾着《きんちゃく》から一分金を取り出すと、作業台に置く。多く渡せば、またあの兄弟子に取られるかもしれない、このくらいがいいだろう……。

「前払い金だ」

「やっ、そいつは……」

「気にするな、あとでちゃんと代金から差し引く。小柄と笄も頼んだぞ。腕を上げて、いずれは公方様の御刀だ、そうであろう」

　加門は目元で笑う。

　へい、と与平は顔を上げる。

「宮地様がおっしゃったように、まずはお世継ぎ様の細工を作りやす。あのう、お世継ぎ様もお鷹狩りに出かけるんでしょうか」

「ああ、すでに公方様と御成遊ばしたことがある。この先も、行かれるであろう。冬になれば、またお鷹狩りがはじまるゆえ、御成行列も出る。お姿を拝むことができよう。ただし、あまり近寄るでないぞ」

　小さく笑う加門に、へえ、と与平は肩をすくめる。が、その顔を引き締め、よし、とつぶやいた。その拳が握りしめられる。

　うむ、と加門は頷くと、

「励めよ」

　と、背を向けた。

「ありがとうございんす」

　という声を聞きながら、明るい外へと出た。

九月二十二日。

外桜田御門から入って、城へと向かう加門を、背後から声が呼び止めた。

早足で追って来るのは、岩本正利《いわもとまさとし》だ。

吉宗が紀州から江戸に連れて来た家臣の一人であり、御庭番衆や田沼意次とも同輩だ。意次が一橋家の治済から側室の話を持ちかけられた折、大奥に上がっていた岩本家の娘お富を薦《すす》めたのもその縁だった。お富は側室として上がってから、すでに二人の男子を産み、さらに今年も懐妊していた。

「生まれたぞ」

正利が声を上げながら、加門に寄って来る。

加門は正利の晴れやかな面持ちに、「おっ」と声を上げた。

「その顔は、また男子か」

「うむ、男《お》の子だ、また、玉のような子が、昨日、生まれた」

そうか、と加門は正利と向き合う。

「お富殿、でかしたな」

「ああ、我が娘ながら大したものよ」

満面の笑顔で正利は加門の腕を叩く。

「うむ、御子が皆、元気なのもよいことだ」

長男、次男ともにすくすくと育っている。

「お富殿を薦めたおきつ、いや、田沼様も喜んでいることであろう」

元は仲間であるが、出世を果たした田沼意次に対しては、皆、敬意を払っている。

「うむ、生まれてすぐ、田沼様のお屋敷に知らせが行ったらしい。わたしも改めて、ご挨拶《あいさつ》に伺うつもりだ」

「そうか、いや、めでたい、よかったな」

加門も腕を叩き返すと、正利は「うむ」と破顔した。

では、と正利は走って行く。

皆に知らせたい気持ちが、足取りに見てとれた。

そうか、と加門は歩き出した。

その足で二の丸に向かうと、そこから本丸に続く汐見坂《しおみざか》を上《のぼ》った。

坂の上から、一橋家の屋敷がよく見える。

今頃は祝いで賑わっているのだろうな……。加門は長い塀に囲まれた屋敷を眺めた。

当主のいない田安家と跡継ぎのいない清水家の静けさが思い出される。

実質、御三卿の筆頭に躍り出たわけか……。治済の如才《じよさい》のない顔が浮かぶ。運が強いのだな……。

加門はそう独りごちると、城へと歩き出した。

四

裃を外す千秋に、加門は横顔を向けた。

「して、千江には聞いてみたのか、妙殿のこと」

ああ、はい、と千秋は頷く。

「妙さんは無駄な話はしない娘御だそうです。なれど、時折、面白いことも言うそうで、根は朗らかな質《たち》のようです。それに、とてもしっかりしてらっしゃる、ということでした」

「ふうむ、なればよいのではないか。草太郎は堅苦しいところがあるから、朗らかなのはよい。妻はしっかりしておらねば困るしな」

「そうですね」

薄く微笑む妻の顔を、加門は覗き込んだ。

「なんだ、乗り気ではないのか」

「あら、いいえ。ただ……草太郎に妻が、と思うと、なんとなくそわそわすると言いましょうか……」

「ふうむ……まあ、わたしも娘が嫁に、と思うと、なにやら背筋がむずがゆい気がした。そういうものかもしれん。まあ、では、折を見て草太郎に話をしてみよう」

ええ、と千秋は手にした袴を衣紋掛けに掛ける。そこに、

「父上、母上」

廊下から声がかかった。

千江が仰々《ぎょうぎょう》しく、手をついている。

「む、なんだ」

「お話が」

見上げる娘に、母が手で招く。

「まあ、なんです、とにかくお入りなさい」

はい、と入って来た千江は、改めて正座をした。

父母も、それに向かい合う。

千江は二人の顔を見ると、懐に手を入れた。はみ出ていた紙を引き出すと、それを

畳の上に広げる。

父母は身を乗り出した。

絵が描かれている。池から飛び立つ二羽の真鴨《まがも》だ。

池の端で芒《すすき》の穂が揺れ、水面に丸い水紋が広がっている。

「なかなかよい絵だ……ん」と加門は顔を上げた。

「真鴨の番《つがい》だな……しかし……」

と、指でさす。

先に飛び立っているのは羽の色が地味な雌《めす》だ。それに、羽色が鮮やかで首に輪模様のある雄《おす》が続いている。

「逆ではないのか」

「ええ」千秋も手を伸ばす。

「普通なれば、雄が先で雌が続くものでしょう」

父母の言葉に、千江は背筋を伸ばした。

「これは孝次郎様がくださったのです」

「孝次郎殿が」

「はい、わたくしのために描いてくださったそうです。で、描くときに、筆が思うまま、このように動いたそうです。先に飛び立った鴨がわたくしだそうです」

加門と千秋は顔を見合わせた。

千江は小さく笑う。

「こういう番でよい、と孝次郎様は仰せでした。わたくしは勝ち気でしとやかではありませんが、それでよい、と」

千江の頬が赤らみ、笑みが広がる。

肩をすくめる娘に、加門は「そうか」とつぶやく。

「なれば」と千江は胸を張った。

「わたくし、孝次郎様との縁組み、お受けいたします」

父と母はまた、顔を見合わせた。

「よいのですね」

母の問に、娘は「はい」ときっぱりと首肯《しゅこう》する。

「そうか」加門は腰を浮かせた。

「当人がよいというのなら、それでよい」

立ち上がると、ぽんと帯を叩いた。

「なれば、これから吉川家に知らせてくるとしよう。あちらはずっと、気を揉んでいたに違いないからな」

母と娘は、見上げて頷く。

「そうかそうか、うむ」

加門は廊下を歩き出す。

部屋から母と娘の笑い声が聞こえていた。


玄関の開いた音に、加門は廊下へと出た。

やって来た草太郎に、

「ちと話がある」

と、部屋に招き入れる。

かしこまった草太郎に、加門は小さくを咳を払った。

「そなた、中村家の妙殿をどう思う」

「妙殿ですか……よい娘御ですよ。勝蔵翁に灸を据えるさい、艾をうまく山にしてくれるのです。指が細いからでしょう、わたしよりも上手《じょうず》にまとめます。いろいろと気が利くので助かっています」

草太郎は目元を弛めた。

「そうか」加門はまた咳を払った。

「なれば、妻にしてもよいと思うか」

草太郎は加門をまっすぐに見返す。と、微笑んで、

「はい」

と、頷いた。

む、と加門は首を伸ばす。

「縁組みだぞ、驚かんのか」

父の見開いた目に、草太郎は肩をすくめた。

「なんとはなしに、そういう気はしていました。はじめはわかりませんでしたが、手当てに通ううち、中村家の皆さんの態度が、なんとも……」

「そうなのか」

身を反らす加門に、草太郎は頷く。

「それに、妙殿もいつも寄り添ってくるので……」

微笑む草太郎に、加門は天井を見上げた。

「なんだ、なれば時を置くのではなかった」

「いえ、ですが……」草太郎も身を乗り出す。

「それは、中村家から正式の申し込みがあったのですか」

「うむ、少し前にな。だが、まあ、妙殿のことはよくわからず……いや、それなりに知っておかねばならぬであろう、それに、そもそもそなたの意向が大事ゆえ……」

加門は顔をそむけて、大きく咳を払う。

はあ、と草太郎は首をすくめた。

「そうでしたか、なれど、妙殿のことなら、わたしが一番わかっているかと……」

「む、そうか」

向き直って、息子を見つめる。

黙って首肯する草太郎に、加門は、なんだ、と息を吐いた。これならば、真っ先に言うべきであったか……。

「よし、わかった、なればこの話、進める。それでよいな」

「はい」草太郎は手をついた。

「よろしくお願いいたします」

晴れ晴れとした顔を上げ、草太郎は立ち上がった。

出て行くうしろ姿を見ながら、加門は身体の力を抜いた。

人の胸の内はわからんものだ……こちらの知らぬところで、草太郎と中村家との気持ちは通じ合っていたということか……。そう思いつつ、「あっ」と声を上げた。

勝之進が言った言葉が耳に甦ったのだ。

〈こちらは以前より考えていたので〉

そうか、と加門は手を打つ。草太郎に勝蔵翁の手当てを頼んできたのは、この縁組みのための布石《ふせき》であったに違いない……草太郎と妙殿を近しくさせるための……。

やられた、と加門は思わず立ち上がった。

勝之進殿が考えたのだろう、御庭番らしい策だ……。

思わず座敷の中を歩く。

いや、なればわたしとて御庭番、それを見抜けなかったというのはどうか……。

立ち止まった加門は、笑いを吹き出す。

漏れ出す笑い声に、千秋が廊下をやって来た。

「どうなさったのです」

ああ、と加門は妻に手招きをした。

五

城の本丸を出て、加門は西の丸に向かっていた。

西の丸にも御庭番が常在している。

庭を行き、西の丸御庭番の川村安兵衛《かわむらやすべえ》の姿を探した。

「お、宮地殿ではないか」

川村のほうが見つけ、木立から出て来た。

「どうした、西の丸に用事か」

「いや、川村殿に報告をしに来たのだ。本丸の詰所で、皆に知らせたのでな。吉川家の孝次郎殿とうちの千江の縁組みが決まったのだ」

「ほう、そうか、それはめでたい」

加門は西の丸御殿を眺めた。

「大納言、家基様はご息災か」

「うむ、年々、背が伸びられて、ずいぶんご立派になられた。もとより学問には熱心であられたが、最近では馬術の稽古をよくなさっておられる」

西の丸の北にある吹上《ふきあげ》の御庭には、馬小屋があり、馬場もある。

「ほう、馬術か」

「ああ、お鷹狩りがお気に召されたようだ。これでますますたくましくなられよう。男《おのこ》は二十歳まで身体が育ち続けるからな、上様を追い越される日も近いかもしれん」

「そうか、それは楽しみなことだ。おっ……」

加門は中奥の戸口に目を向けた。

家基が現れたのだ。襷掛《たすきが》けに手甲《てっこう》を付け、袴の裾を絞っている。

「馬術の稽古に行かれるようだ」川村は足を踏み出した。

「わたしは馬場に行く」

そう言うと、小走りで木立を抜けて行った。

見送った加門は、庭を歩き出した。

昔、家重が世子として暮らしていた頃には、しょっちゅう歩いた庭だ。

木立を抜けると、加門は立ち止まった。

城表から出て来た家臣が、こちらに向かって来る。

お、と加門も寄って行く。

「これは、意致《おきむね》殿」

田沼意致は、意次の弟意誠《おきのぶ》の息子だ。意致は加門と向かい合った。

「やはり、加門のおじさまでしたか、廊下からお姿が見えたので」

安永の二年に父の意誠が急逝《きゅうせい》したあと、意致は家督を継ぎ、今は御目付《おめつけ》として西の丸に詰めている。

赤子の頃から知っている意致には、親類のような親しみがある。

「御目付役はいかがだ、忙しかろう」

御目付は旗本と御家人の監察が役目だ。

「いえ、さほどには。不埒《ふらち》もありませんし、皆、まっとうです」

ほう、と加門は改めて意致の顔を見る。

「年々、お父上に似て参るな」

意誠の顔を思い出す。

「そうでしょうか」

意致は照れた笑いで、顔を撫でた。

意次と意誠を産んだ母の辰《たつ》は、美貌で知られた女人だった。田沼家の親類が郷士の家から養女にした娘で、田沼家初代の意行《おきゆき》の妻となったのだ。美貌だけでなく聡明でもあり、琴《こと》もよく弾き、難曲もこなす名手だった。

意次も意誠も、その母の美貌を受け継いでいる。意致にもそれは受け継がれていた。血筋というのは、しっかりと続いていくのだな……。加門は意行と辰の顔を思い出していた。

田沼意行は吉宗に連れられて紀州から江戸に来た一代目だ。田沼家の祖は足軽であったが、吉宗は忠義に篤《あつ》く才のある意行を側近くで用い、信を置いた。倹約のため、大奥を縮小したさいには、側室の一人を意行にも下げ渡したほどだった。意行は屋敷を建て、そこに側室を住まわせたもののお役目として預かったのみで、指一本触れずにいた、と意次から聞いていた。

さもありなん、と思ったのを加門は思い出す。

意行は妻を大層大事にしていた。辰を龍の字にして、意次の幼名は龍《りゅうの》助《すけ》であったし、それは息子の意知にも継がれ、さらにその子にも受け継がれている。

側室など、持つ気もなかったはずだ、と思い、加門の顔には笑みが浮かんだ。

意致がその面持ちに小首をかしげる。

「ああ、いや」加門は笑みを向けた。

「意致殿の顔を見ていたら、意行様のことなどを思い出したのだ。お辰様もおやさしいお方で、よいご夫婦であった、とな」

「そうですか」意致も笑顔になる。

「御爺様は、わたしが生まれたときにはすでに亡くなられていたのでお会いしたこともなく……そういうお話を聞くとうれしく思います。いずれ、ゆっくりとお話をお聞かせください」

意致は小さく会釈をした。

「うむ、そうしたいものだ、さ、行かれよ」

加門は御殿を見た。

廊下から二人の家臣がこちらを見ている。

御目付と御庭番が話をしていれば、戦々恐々《せんせんきょうきょう》とする者がいてもおかしくはない。

意致もこちらを見る目に気づいて、「では」と踵を返した。

御殿へと戻って行く後ろ姿を見ながら、加門は目を眇《すが》める。

田沼家の出世はめざましいな……。そう思いながら、口元が弛む。おそらく、この先、さらに出世を重ねるだろう……。

笑顔を空に向け、歩き出す。

冬を告げる渡り鳥が、青い空に列をなして飛んでいた。

十一月中旬。

御庭番の詰所に、足音が近づいて来た。

襖を開けたのは、野尻だ。

「鶴御成《つるおなり》が決まりましたぞ、今月の二十九日に」

ほう、と皆が顔を上げた。

「もう、そんな時期か」

「年末も間近だな」

口々に言う皆の前に、野尻が座った。

「今年は西の丸の大納言様もご一緒なさるそうだ」

ほう、と皆は顔を見合わせる。

「家基様が……」

高橋《たかはし》がつぶやくと、馬場が腕を組んだ。

「ほう、そうか、すでに鴨などは狩られたようだが、鶴はまだとなれば、上様としても、お教えせねばなるまいな」

皆の輪のうしろで、草太郎は「鶴」とつぶやいた。

加門が振り返る。

も不思議です」

「はあ、鶴御成という言葉は聞いていましたが、大きな鶴を狩るというのが、どうにも不思議です」

加門は皆を見る。

「いかがだろう、こたびの鶴御成は、わたしとこの草太郎にお供をさせてもらえぬだろうか。草太郎も見習いとして、学ばねばならぬ時期ゆえ」

「おう、異存はありませんぞ」

馬場の声に、高橋らも頷く。

「うむ」野尻が声を高めた。

「それはよいかと。こたびは田沼意次様もお供をされるとのこと。宮地殿がお供をされるとなれば、田沼様もご安心召されよう」

「田沼様が」

「ふむ、家基様がご一緒ゆえだろう。初めての鶴御成であるしな」

「そうであったか、なればなおさらお供をしたい、皆様、かたじけのうござる」

会釈をする加門に、皆は「いや」と礼を返す。

「お勤め、ご苦労でござる」

「うむ、よろしく頼みます」

それぞれに頷くと、皆、膝の向きを変えた。

加門は息子に向き合った。

「よいな」

「はい」草太郎は背筋を伸ばす。

「鶴御成は初めてなので、心して参ります」

「うむ、いずれ家基様が将軍を継がれれば、毎冬に行かれることになる。そなたも、知っておかねばな」

はい、と頷いた首を、草太郎はひねった。

「鶴狩りも公方様のたしなみなのですか」

「ふむ、今ではそうなっている。が、それが習いとなったのは、家重様の代からだ。家重公が鶴を狩られて、それを京の御所に献上しよう、ということになってな、天子様も喜ばれたゆえ、それ以来、冬の習いとなったのだ」

「そうだったのですか。正月に食すると聞いたことがありますが」

「ふむ、そうだ。京では松が明けてから召し上がるようだが、江戸のお城では松の内の御膳に上がる」

「え、鶴は御所に献上するのではないのですか」

さらに首をひねる草太郎に、父は言う。

「うむ、捌《さば》いて塩詰めにした鶴は、丸ごと京に届けるのだ。が、あちらで半分を返礼として下げ渡してくださる。それをまた持ち帰って、お城で食するのだ」

はあぁ、と草太郎は声を落とした。

「なんとも、手間のかかることですね」

うむ、と加門は苦笑する。

「だが、そういう習いとなっている。ゆえに年末が近づくと、鶴御成にお出ましになるのだ」

「わかりました」

草太郎は、ぐっと拳を握った。

六

広々とした沼や干潟に、海風が吹いてくる。

鶴御成の行列は、小松川《こまつがわ》に着いた。

大川を渡り、深川を抜けると、そこからは葛西《かさい》の地だ。小松川という川が流れる一帯は、渡り鳥が飛来する湿地も多いため、昔からお鷹狩りの御拳場がある。

すぐに狩りの準備がはじまり、供の者らが動き出した。

加門と草太郎は、少し離れて、それを眺める。池には多くの鴨や雁《かり》などの水鳥が浮かんでいる。

「そういえば」草太郎が父を見た。

「前に御拳場に来ていた金工師の与平という男、御成行列に付いて来ていましたね」

「おう、気づいていたか」

与平は行列の所々で顔を見せていた。間近だと膝をついて低頭しなければならないため、道から逸《そ》れた木立やお堂の陰などから、そっと顔を覗かせていた。

「公方様の御刀を飾りたいという大望のためであろう、職人にとって上を目指す熱は大切なことだ」

刀の三所物を頼んでいることは、草太郎には内緒だ。己の刀を譲るときに、驚かせたいと考えていた。

池から鴨が飛び立った。

その羽音に、草太郎が顔を向ける。

「この辺りは本当に水鳥が多いのですね」

「ああ、ゆえによい御拳場なのだ。吉宗公もよくお越しになられたものだ」

「聞いたことがあります、農家で出された青菜をお気に召し、小松菜《こまつな》と名付けられたと」

親子は北側を見る。畑が広がり、冬ながら、小松菜や葱《ねぎ》、大根《だいこん》などで青々としている。

「うむ、元は葛西菜《かさいな》と呼ばれていたらしい。が、吉宗公に呼び名を問われたさい、即答しなかったために、名を賜《たまわ》ったと聞いた」

「そうなのですか、しかし、小松菜のほうがよい名ですし、幸いしましたね」

ああ、と加門は頷く。

「上様もこの小松川にはよくいらっしゃっている。吉宗公の時代から鶴御成は小松川が一番多いのだ」

へえ、と草太郎は辺りを見まわす。

「なれど、鶴の姿がありませんね」

「ああ、あちらだろう」

加門は歩き出す。

少しずれると、野原が見えた。そこに鶴がいた。

「昔は、多くの鶴が来たそうだ。だが、埋め立てなどもあって、年々、飛来が減り、今ではお鷹狩り用の鶴は飼い馴らしているのだ」

「そうなのですか」

うむ、と加門は野原にいる男を指でさす。

「網差役《あみさしやく》という役があってな、その者が鶴を餌《えさ》で馴らし、お鷹狩りのために用意しているのだ」

へえ、と草太郎は首を伸ばして鶴と役人を見る。

「鶴はそうとも知らずに、その役人に馴れているのでしょうね……なんとも……」

眉が寄っていく。

うむ、と加門は目を逸らす。

「だが、それが役目なのだ。網差役はどこの御拳場にもいる。鶴だけでなく、鴨や雁などにも餌付けをして馴らしているのだ。そら、権兵衛《ごんべえ》が種蒔《たねま》きゃ烏《からす》がほじくる、という唄《うた》を聞いたことがあろう」

「はい、三度に一度は追わずばなるまい、という唄ですね」

「そうだ、その権兵衛も網差役だ。品川《しながわ》の御拳場にいた男だそうだ。鴨などの餌として蒔く種を鳥が突いてしまう苦労を、村の者らが唄ったのだろう」

普段から、庶民は御拳場に立ち入ることを禁じられている。お鷹狩りのさいには、出歩くことや歌舞音曲《かぶおんぎょく》も禁じられ、勢子として手伝いもさせられる。おまけに、獲物を追う人々によって、田畑が踏み荒らされることもある。唄にはお鷹狩りに対する揶揄《やゆ》も含まれていた。が、加門はそれは呑み込んで、草太郎を見た。

「お鷹狩りはこの先も続いて行くはず……そなたも、しっかりと見ておくのだぞ」

はい、と草太郎は足を進める。

目の先には、お鷹狩りの一行が見えた。

先頭では、将軍家治と世子の家基が馬上で拳を上げて並んでいる。拳には、それぞれの鷹が止まっている。半歩下がった傍らには田沼意次の姿もあり、将軍親子と談笑をしているのが見てとれた。

野原にいる役人が手を上げるのが見えた。

加門は顔を戻す。

「はじまるぞ」

野原の鶴が、網差役に追い立てられて飛び立った。

「そらっ」

家治の声につづき、家基も声を放ち、拳を上げる。

鷹が飛び立つ。

ゆっくりと舞い上がる鶴に、鷹が追いついた。

二羽で飛びかかる。

そこに、野原からも鷹が飛んだ。

「あれは」

草太郎の問に、加門は目を野原に向ける。

「鶴は大きく、一羽二羽の鷹では狩りきれないため、ああして応援を放つのだ」

加門は眇《すが》めた目で、宙で繰り広げられる狩りを見る。

あ、と草太郎も顔を歪めた。

鶴が落ちていく。

家臣らの声が上がり、歓声に変わった。

加門は踵を返して歩き出す。

「狩りは成功だ」

あとに付いた草太郎は小さく振り返った。

「これで終わりですか」

「いや。鶴はこの場で捌《さば》かれる。臓物《ぞうもつ》は褒美《ほうび》として鷹にくだされ、鶴は塩を詰められるのだ。鶴はそれで終わりだが、このあとは鴨や雁を狩ることになる。我らは辺りを見まわりながら、そちらの狩り場に移る」

「なるほど」草太郎は鴨の浮かぶ池を見る。

「鴨はたくさん捕れそうですね」

「ああ、きょうはお二人ゆえ、多く狩ることができよう。喜ぶ大名も増えるというわけだ」

お鷹狩りで得た鴨などは、大名に下されることが多い。

草太郎は、父の横顔を見た。

「父上も鴨を食されたことがあるのですか」

「まさか、わたしなどはもらえぬ。ああいや、食したことはあるな。以前、意次が鴨を賜った折に、馳走《ちそう》になった。意次は家重様からも家治様からも何度も鴨をいただいているからな」

草太郎は半歩あとから父を見る。

「父上は……出世は望まれていないのですか」

ん、と、息子を見た。

101-8405

書籍のご注文は84円
アンケートのみは63円
切手を貼ってください

東京都千代田区神田三崎町2-18-11

二見書房・時代小説係行

ご住所 〒	
TEL - -	Eメール
フリガナ	
お名前	(年令 才)

※誤送を防止するためアパート・マンション名は詳しくご記入ください。

21.5

愛読者アンケート

1 お買い上げタイトル
(　　　　　　　　　　　　　　　　　　　　　　　　　)

2 お買い求めの動機は？（複数回答可）
□ この著者のファンだった　□ 内容が面白そうだった
□ タイトルがよかった　□ 装丁（イラスト）がよかった
□ 広告を見た　　（新聞、雑誌名：　　　　　　　　）
□ 紹介記事を見た（新聞、雑誌名：　　　　　　　　）
□ 書店の店頭で　（書店名：　　　　　　　　　　　）

3 ご職業
□ 会社員 □ 公務員 □ 学生 □ 主婦
□ 自由業 □ フリーター □ 無職 □ ご隠居
□ その他（　　　　　　　　　　　　）

4 この本に対する評価は？
内容：□ 満足 □ やや満足 □ 普通 □ やや不満 □ 不満
定価：□ 満足 □ やや満足 □ 普通 □ やや不満 □ 不満
装丁：□ 満足 □ やや満足 □ 普通 □ やや不満 □ 不満

5 どんなジャンルの小説が読みたいですか？（複数回答可）
□ 江戸市井もの　□ 同心もの　□ 剣豪もの　□ 人情もの
□ 捕物　□ 股旅もの　□ 幕末もの　□ 伝奇もの
□ その他（　　　　　　　　）

6 好きな作家は？（複数回答・他社作家回答可）
(　　　　　　　　　　　　　　　　　　　　　　　　　)

7 時代小説文庫、本書の著者、当社に対するご意見、
ご感想、メッセージなどをお書きください。

ご協力ありがとうございました

↓ この線で切

⑨火焔の啖呵 ⑩青二才の意地

殿さま商売人シリーズ
①べらんめえ大名 ②ぶっとび大名 ③運気をつかめ！ ④悲願の大勝負

陰聞き屋 十兵衛シリーズ
①陰聞き屋 十兵衛 ②刺客 請け負います ③往生しなはれ
④秘密にしてたもれ ⑤そいつは困った

風野 真知雄（かぜの・まちお）

大江戸定年組シリーズ
①初秋の剣 ②菩薩の船 ③起死の矢 ④下郎の月
⑤金狐の首 ⑥善鬼の面 ⑦神奥の山

喜安 幸夫（きやす・ゆきお）

はぐれ同心 闇裁きシリーズ
①龍之助江戸草紙 ②隠れ刃 ③因果の棺桶
④老中の迷走 ⑤斬り込み ⑥槍突き無宿
⑦口封じ ⑧強請の代償 ⑨追われ者
⑩さむらい博徒 ⑪許せぬ所業 ⑫最後の戦い

見倒屋鬼助 事件控シリーズ
①朱鞘の大刀 ②隠れ岡っ引 ③濡れ衣晴らし
④百日髷の剣客 ⑤冴える木刀 ⑥身代喰逃げ屋

隠居右善 江戸を走るシリーズ
①つけ狙う女 ②妖かしの娘 ③騒ぎ屋始末
④女鍼師 竜尾 ⑤秘めた企み ⑥お玉ケ池の仇

→ この線で切り取ってください

幡 大介（ばん・だいすけ）

天下御免の信十郎シリーズ
①快刀乱麻 ②獅子奮迅 ③刀光剣影 ④豪刀一閃
⑤神算鬼謀 ⑥斬刃乱舞 ⑦空城騒然 ⑧疾風怒濤
⑨駿河騒乱

聖 龍人（ひじり・りゅうと）

夜逃げ若殿 捕物噺シリーズ
①夢千両すご腕始末 ②夢の手ほどき ③姫さま同心 ④妖かし始末
⑤姫は看板娘 ⑥贋若殿の怪 ⑦花瓶の仇討ち ⑧お化け指南
⑨笑う永代橋 ⑩悪魔の囁き ⑪牝狐の夏 ⑫提灯殺人事件
⑬華厳の刃 ⑭大泥棒の女 ⑮見えぬ敵 ⑯踊る千両桜

火の玉同心 極楽始末シリーズ
①木魚の駆け落ち

氷月 葵（ひづき・あおい）

婿殿は山同心シリーズ
①世直し隠し剣 ②首吊り志願 ③けんか大名

公事宿 裏始末シリーズ
①火車廻る ②気炎立つ ③濡れ衣奉行 ④孤月の剣
⑤追っ手討ち

御庭番の二代目シリーズ
①将軍の跡継ぎ ②藩主の乱 ③上様の笠 ④首狙い
⑤老中の深謀 ⑥御落胤の槍 ⑦新しき将軍 ⑧十万石の新大名

↑ この線で切

取ってください

← この線で切り取ってください

⑨上に立つ者 ⑩上様の大英断 ⑪武士の一念 ⑫上意返し
⑬謀略の兆し ⑭裏仕掛け ⑮秘された布石 ⑯幻の将軍

藤木 桂(ふじき・かつら)

本丸 目付部屋シリーズ
①権威に媚びぬ十人 ②江戸城炎上 ③老中の矜持 ④遠国御用
⑤建白書 ⑥新任目付 ⑦武家の相続 ⑧幕臣の監察

藤 水名子(ふじ・みなこ)

古来稀なる大目付シリーズ
①まむしの末裔 ②偽りの貌

与力・仏の重蔵シリーズ
①情けの剣 ②密偵がいる ③奉行闇討ち
④修羅の剣 ⑤鬼神の微笑

旗本三兄弟 事件帖シリーズ
①闇公方の影 ②徒目付 密命 ③六十万石の罠

隠密奉行 柘植長門守シリーズ
①松平定信の懐刀 ②将軍家の姫 ③大老の刺客 ④薬込役の刃
⑤藩主謀殺

火盗改「剣組」シリーズ
①鬼神 剣崎鉄三郎 ②宿敵の刃 ③江戸の黒夜叉

剣客奉行 柳生久通シリーズ
①獅子の目覚め ②紅の刺客 ③消えた御世嗣 ④虎狼の企み

牧 秀彦(まき・ひでひこ)

森 真沙子(もり・まさこ)

日本橋物語シリーズ
①蜻蛉屋お瑛 ②迷い蛍 ③まどい花 ④秘め事
⑤旅立ちの鐘 ⑥子別れ ⑦やらずの雨 ⑧お日柄もよく
⑨桜追い人 ⑩冬 螢

箱館奉行所始末シリーズ
①異人館の犯罪 ②小出大和守の秘命 ③密命狩り
④幕命奉らず ⑤海峡炎ゆ

時雨橋あじさい亭シリーズ
①千葉道場の鬼鉄 ②花と乱 ③朝敵まかり通る

柳橋ものがたりシリーズ
①船宿『篠屋』の綾 ②ちぎれ雲 ③渡りきれぬ橋 ④送り舟
⑤影燈籠 ⑥しぐれ迷い橋

和久田 正明(わくだ・まさあき)

地獄耳シリーズ
①奥祐筆秘聞 ②金座の紅 ③隠密秘録 ④お耳狩り
⑤御金蔵破り

怪盗黒猫シリーズ
①怪盗 黒猫 ②妖刀 狐火

十手婆 文句あるかいシリーズ
①火焔太鼓 ②お狐奉公 ③破れ傘

取ってください

「なんだ、そなたは出世がしたいのか」

「あ、いえ」草太郎は横に並んだ。

「わたしは別に……以前は、若気の至りでそのようなことを考えもしましたが、元服を過ぎた頃に、己を弁《わきま》えました」

「ほう、早いな」

加門の笑いに、草太郎は肩をすくめる。

「はい、意知殿を見ていてわかったのです。頭の出来が違うし、人としての器も違う。なにをとっても、わたしよりも遥《はる》かに優れている。意知殿は出世間違いない、そして、わたしにはその道はない、と」

なんと、とつぶやいて加門は立ち止まった。

「わたしも同じだ。意次はまだ子供の頃から、才長けていてな、考えることが違った。川に架かった橋を見るとき、わたしには橋しか見えない。いや、どのように作ったか、などくらいまでは思いが巡る。だが、意次は橋の向こう岸までを見るし、川が下った先の海までを見る。そういう違いをいくたびも思い知って、わたしも己の分を知った、ということだ」

加門は歩き出す。と、小さく笑った。

「若い頃には、人は皆、うぬぼれるものだ。だが、世を知るにつれ、上はいくらでもおり、己は大した者ではない、と気がつく。まあ、年を重ねるとはそういうことだ」

加門は池の見える木陰に腰を下ろした。

「ここで弁当を使おう。ご一行も今頃、中食を摂られているはずだ」

背に負った風呂敷包みを下ろすと、加門は握り飯を取り出した。

横に座った草太郎も、真似をする。

「腹が減りましたね」

白い握り飯にかぶりついた。

池にざわめきが近づいて来た。

「いらしたな」

加門が立ち上がると、草太郎も続いた。

池には網差役や上司である鳥見役《とりみやく》がすでに着いていた。

数羽の鴨が人馬のざわめきに気づき、飛び立った。

「行けっ」

家治の鷹が飛び立つ。

「それっ」

家基の鷹も、鴨を追った。

追いつかれた鴨が、鷹の爪にかかり、野原に落ちていく。

勢子や家臣が一斉に駆け出した。

家臣の一人が鴨を掲げた。

「早いですね」

感心する草太郎に、加門は腕を組む。

「ああ、だが、落ちた鳥がなかなか見つからないこともある。以前、探しまわっても最後まで見つけられないこともあった」

へえ、と草太郎は首を伸ばす。

今度は網差役に追い立てられた鴨が、飛び立った。

再び、鷹が飛び立つ。

澄んだ空の下で、鷹が輪を描いた。

鴨が逃げる。が、追いつかれ、鷹の爪にかかって落ちていく。

なんどもその光景が繰り返された。

加門と草太郎はそれを見ることなしに、池の畔《ほとり》を歩いていた。

ひと巡りして、将軍の一行へと近づいていた。

と、加門の足が止まった。

近くの野原の茂みから、大声が上がったためだ。

男の太い怒声が響き、茂みが揺れる。

なんだ、と加門と草太郎は走った。

「不埒者《ふらちもの》め」

「この鴨をなんと心得る」

「公方様の獲物だぞ」

勢子や役人が輪になっている。

手を振り下ろす者や、足で蹴りを入れている者もいた。

「なにごとか」

駆け寄った加門の声に、動きが止まった。

加門の旗本然とした身なりに、役人らが姿勢を正した。

「はっ、盗人《ぬすっと》を見つけたのです」

「鷹が狩った鴨を盗んだのです」

役人が茂みの奥を指さす。横たわった鴨を前にして、男が背中を丸めている。が、

「ち、違いやす」

と、顔を上げた。額と瞼《まぶた》から血が流れている。

あ、と加門は目を見開いた。

男は金工師の与平だった。

「なんと」加門は足を踏み出す。

「与平ではないか、なにをしている」

「あっ、ああ……宮地様」

与平が膝で進み出た。

勢子はうしろに退き、役人も一歩、退いた。

そこに蹄《ひづめ》の音が鳴った。

将軍親子と重臣らが駆けて来る。

勢子らは慌てて下がり、膝をついた。

役人らも道を空け、低頭した。

「いかがした」

将軍の小姓が進み出る。

その背後から、意次が首を伸ばした。

「や、加門ではないか」

そう言うと、馬からゆっくりと下りた。

家治は馬で近づいて来る。

「主殿《とのも》」

と家治は意次を見ろした。主殿頭という役名から、意次は将軍からそう呼ばれている。家治は加門と意次を交互に見た。

「加門とは、そなたがよう用いている御庭番であったな」

はい、と意次が頷き、加門は低頭した。

家治は自ら御庭番に下命することはほとんどなく、もっぱら老中らが命《めい》を下している。が、家治が将軍を継いだおりに、御庭番は目通りを得ていた。

加門は低頭しながら、驚きを呑み込んだ。覚えていらしたのか……。

「さようにございます」意次が頷く。

「家重公にもよく仕えた、忠義の者です」

ほう、と家基も馬を前に進めた。

「なにがあったのだ」

加門は腰を折り、顔を伏せたまま、が、皆に聞こえるように、声を張り上げた。

「これにいるは江戸の金工師で与平という者。鴨を盗んだ嫌疑で役人に問い詰められていたのです」

「鴨を……」

覗き込む意次に、与平が顔を上げる。

「ち、違います。そこの茂みにいたら、鴨が落ちてきたんです。なので、探しに来たお役人に渡そうと、拾い上げたんです、ほんとです」

「嘘を申すなっ」役人が声を荒らげる。

「では、なにゆえに、このようなところに潜《ひそ》んでおった。ここは立ち入りが禁じられている御拳場であるぞ」

「す、すいやせん」

与平が頭を地面に擦り付ける。

「お、お許しを……」

なんども、額をぶつけながら、顔を斜めに上げた。

「あっしは、だ、大納言様のお姿を拝見したかっただけで……」

皆が顔を見合わせ、家治が息子を見た。

家基は首をひねる。

「わたしの……」

加門が息を吸って、進み出る。

「わたしからご説明を……この与平は、将軍家の御刀の三所物を作ることを願いとしているのです」

「ふむ」と、意次が進み出た。

「加門はこの者を知っているのか、なれば、身許に間違いはあるまい」

は、と加門が首肯する。

ほほう、と家治が声を洩らす。

「大望を持っているのだな」

はい、と加門は頭を下げる。

「畏れ多いことではありますが、この者にとっては、それが腕を磨くための励みなのです。この者、御刀を持つお方のお人柄に似つかわしい細工をしたい、という考えでして、それが高じて大納言様のお姿をひと目、と思い詰めたものと存じます」

ふうむ、と家基が進み出た。

「わたしの刀の細工をしたいと申すか」

はっ……と掠《かす》れた息をもらして、与平がひれ伏す。地面についた手は小刻みに震えている。

家基が声に笑いを含ませた。

「では、面を上げよ」

え、と身を縮める与平に、家基は続ける。

「苦しゅうない、姿を見るがよい。それで、似つかわしい細工とやらを作ってみるがよい」

は、と与平は顔を持ち上げる。

「ええい、この無礼者」

役人が声を投げ、足を踏み出す。

それを押しとどめるように、家治が手を上げた。

「よい」家治が声を和《なご》ませた。

「職人の熱がこもってのことであろう、放免してやるがよい」

そう言うと、家治は馬の手綱《たづな》を引き、向きを変えた。

家基は口元を弛めつつ与平を見下ろした。

「姿を見るのはかまわんが、遠くからにせよ。警護の者らもおるゆえな」

そう言って、父と同じように馬の向きを変える。

将軍親子は、元の場所へと戻って行く。

「いやはや」声を洩らしたのは残った意次だった。

「なんとも大胆な男だな」

そう言いながら、加門と並ぶ。

加門は皆の手前、意次にもかしこまった。

「よく言って聞かせます」

意次は腰を曲げると、与平の血だらけの顔を覗き込んだ。

「派手にやられたな。それですんだのは幸いだが」

そう言いながら、懐から手拭いを取り出す。

差し出す手に、役人が声を上げた。

「田沼様、もったいのうございます」

与平は意次を見上げた。

「田沼、様……」

「これで顔を拭け、血は固まると厄介だ」

意次が差し出した手拭いを、与平が受け取る。

意次は加門に、ささやいた。

「そなたがかばうなら、悪い男ではないのだろう」

加門は苦笑して頷く。

意次は血を拭う与平に頷いて、踵を返した。

「では、わたしも戻る」

ゆっくりと馬に乗ると、向きを変えた。

役人らもそれに付いて行く。

ほうっと、息を吐いて、加門は与平を見た。

「さ、行くぞ、御拳場から出るのだ」

草太郎が歩み寄って、与平の腕を引いて立たせる。

「へ、へい」

与平はよろよろと立ち上がった。

「あ、あのう」

よろめいて歩きながら、与平は加門を見る。

「い、今の御方は、公方様、だったんでやしょうか」

「ああ、そうだ、公方様と御世子の大納言様だ」

はあぁ、と与平は息を吐いて、空を見上げたり、首を振ったりする。

「あっと、そ、そんで、田沼様というのは、もしや、御老中の……」

「うむ、田沼主殿頭意次様だ」

ほえぇ、と与平はさらに息を吐く。

「あ、あの、そんで……宮地様は御庭番なんですかい」

「ああ、そうだ」

ありゃあ、と与平は顔を左右に振った。

「こ、こりゃ、とんだこって……ああっ……」

与平は握りしめた手を上げた。

「て、手拭い、ご、御老中様の……うわ、血だらけだ」

赤くまだらになった手拭いを掲げる。

「ああ、もらっておくがいい」加門は笑う。

「御老中様は、手拭いなど数えきれぬほどお持ちだ」

確かに、と草太郎は吹き出す。

はぁ、と与平は手拭いを握りしめる。

「いやぁ、たまげた。夢じゃあんめえな」

そう言うと、目を細めて空を見た。

第四章　山師とべら坊

一

年明けて安永七年一月二十一日。

御用屋敷の障子から差し込む光のもとで、加門は書物を読んでいた。と、ぷっと吹き出す。

少し離れた並びで、針を動かしていた千秋はちらりと目を向けた。

加門はまた真顔になって、本を読み続ける。時折、笑いを漏らしつつも、顔を上げることなく読み進んでいく。

千秋が立ち上がった。

行灯に火を入れ、持って来る。

「暗くなってまいりましたね」

ああ、と加門は目顔で頷いた。

千秋も行灯に寄ると、また針を動かした。

しばらくして、加門はやっと顔を上げた。

千秋は手を止めて、夫の手元の本に目を向けた。

「面白い本なのですか」

ああ、と加門は本を閉じて、表紙を妻に向けた。

『放屁論　後篇』と、題と平賀源内の名が記されている。

「源内様の書物でしたか。難しいものでは……なさそうですね。放屁、とは……」

千秋は肩をすくめて笑う。

「これは思うこと考えたことをつらつら書く談義本でな、世のことや自身のことなどを面白おかしく書いてあるのだ。放屁は、そら、数年前に両国で評判になった見世物の男のことだ。自在に屁をひって、人気を呼んだ」

「はい、聞いたことはあります、たいそうな人気だったと」

「源内殿は以前、その馬鹿馬鹿しさを引き合いにして世を論じ、『放屁論』という本を書いたのだ。これは、まあ、その続きのようなものだ」

加門は本を開く。

「貧家銭内《ひんかぜにない》という男の話を書いているのだが、これは平賀源内をもじったものだろう」

「貧家……まあ」と笑い出す。

「なれど、源内様は貧乏ではないのでしょう、菅原櫛は売れたそうですし、エレキテルとやらも見物人が殺到したと……」

「ううむ、まあ、その辺も書いてるのだが、評判になっても一時のことであり、長くは続かない、と。源内殿は浪人の身であるから、禄が入って来るわけではないからな。まあ、少しの禄で縛られるのはまっぴら、と言って、源内殿が選んだ道ではあるが」

源内は国許である讃岐《さぬき》の藩主に気に入られていたにもかかわらず、藩士という不自由を嫌って脱藩した身だった。藩主はそれにへそを曲げ、以降、仕官おかまい、と公布した。おかまいなし、であればどこの家臣にでもなれるが、それが禁じられたため、公儀も大名も召し抱えることはできないままだった。

「まあ、禄でしばられたくない、とは言っていたが、意次の家臣なれば、喜んでなったであろう。意次も召し抱えたいのだが、と残念がっていたものだ」

「まあ、そうでしたか。本を出したりいろいろとなさっておいでゆえ、お困りとは思いませんでした」

「本は出しても、さほどの金は入らんらしい。どんなに売れても、版元《はんもと》が儲《もう》かるだけで、書いた本人は置き去りだそうだ」

加門は開いた本に目を落とす。

「世の中は金がものをいう、ということを嘆いていてな、こう書いている。金さえ持てば追従《ついしよう》軽薄《けいはく》御健《ごけん》勝《しよう》御安全《ごあんぜん》、様の字までをひねくりまわして……地獄の沙汰《さた》も金次第金が敵《かたき》の世の中、などとな……」

「あらまあ」

「だが、源内殿は浪人でよいのだ、と書いている……」

加門は書かれた文字を目で追う。

〈風次第で首を振って、一生を過ごさんは、折角《せつかく》親の産み付けたる睾丸《きんたま》を無にする道理……〉

ここで吹き出したのを思い出すが、これは言うまい、と呑み込んだ。本を持ち上げて、口を開く。

「浪人の心易さは……主人という贅《むだ》もなく、知行という飯粒が足の裏に引っ付かず、行きたい所を駆け巡って、否《いや》な所は茶にしてしまう。せめては一生我儘《わがまま》を自由にするが儲けなり、と」

　千秋は目で頷く。

「茶にするとは茶化すということですね、なんとも自由なありようなですこと」

「うむ、だが、源内殿は大いなる志を持っているとも書いているのだ。いろいろの工夫を凝らして、日本の金銀を唐や阿蘭陀にひったくられないための助けになりたい、となりたい、となりたい。さまざまな物を作ったり、金銀の鉱脈を探してきたのもそのため、ということだ。源内殿は、意次の国を豊かにする、という考えに賛同しているからな」

「まあ、ご立派ではないですか」

「うむ、だが、それを世の人はわかっていない、とも嘆いている。町では源内殿は山師と呼ばれているしな」

「それは、実際に山で金銀を探したからではないのですか。そういうお人を山師と呼ぶのでしょう」

「ああ。だが、近年では、話の大きい者やつかみどころがない者、それどころか信用のおけない者なども山師と呼ばれるようになっているのだ」

「まあ、それで源内様まで山師呼ばわりなのですか、ひどいこと」

「うむ、まあ、それもあって世にも人にも、少し嫌気が差しているようだ。いっそ、自分も屁っぴり男の仲間入りをして、エレキテルをヘレキテルに変えようか、などと書いている」

まあ、と千秋は笑い出す。

身体を揺らして笑う妻を、加門も苦笑して見た。千秋は胸を押さえ、

「ああ、おかしい」

と言いつつ、障子を見た。外は暮れかかっている。

「あら、もうこんな……そろそろ草太郎が戻る頃ですね。今日のお鷹狩りはどちらだったのでしょう」

「千住《せんじゅ》だ。そうだな、もう少しすれば帰って来るだろう」

この日、西の丸の大納言家基がお鷹狩りに出ていた。

父家治は一緒でなく、次期将軍としての足固めのような御成だ。が、まだ心許《こころもと》ないと判じたためか、田沼意次が供奉《ぐぶ》していた。加門も「なれば」と己は行かず、草太郎を供として出していた。

千秋が出て行き、部屋は静かになった。

加門は手にした本をめくる。

大丈夫だろうか、と口中でつぶやきながら、文字を目で追った。

源内は本篇のあとに、別文を付け加えていた。

自分のことを〈山師〉と呼ぶ世人を嘆いている文章だ。それは嘆きというよりも、憤懣《ふんまん》に近かった。

加門は繰り返し読んだその文を反芻《はんすう》する。

〈智恵ある者智恵なき者を譏《そし》るには馬鹿といい、たわけ者と呼び、あほうといいべら坊といへども、智恵なき者智恵ある者を譏るにはその詞《ことば》を用いるあたわず。ただ山師山師と譏るより外《ほか》なし。〉

加門は眉を寄せた。

ベラボウというのは、もともと天竺《てんじく》の言葉だと、源内はずっと以前の著作『根南志《ねなし》具佐《ぐさ》』で書いていた。意味は大馬鹿だ。

馬鹿、あほう、たわけ、べら坊。それを源内は、自分を山師呼ばわりする人々への〈返歌〉として書いている。

これでは、人々をさらに敵にまわすのではないか……。

加門は息を吐く。源内殿らしいといえばらしいが……。加門は眉間を狭めたまま、本を閉じた。

夕餉の膳で、草太郎は湯漬けのおかわりを重ねた。

たくわんをぽりりと噛んで、湯漬けをずっとすする。蕗《ふき》の佃煮《つくだに》を乗せて、さらにかき込む。武士は食するときに音を立てず、というのが武家の教えだが、空腹が勝《まさ》れば、それも大目に見られた。

「まだありますからね」

千秋は微笑んで、空になった飯碗に手を伸ばした。

「どうであった、お鷹狩りは」

加門の問に、草太郎は箸を止めた。

「はい、大納言様は何羽も鴨を狩っておいででした。お鷹狩りがすっかりお気に召されたようで、中食のあとのお休みもそこそこに、また馬に乗られましたから」

「ほう」加門は目を細める。

「家康公や吉宗公のように、お鷹狩りの名手となられるかもしれんな」

「はい、田沼様もはじめは心配げに御側についておられましたが、午後は安心さなったようで、ゆったりとご覧になっておられました」

「おう、そうか。それはよかった」

加門は目を細めて湯漬けをすする。将軍の代替わりはまだ先のことではあるが、心配事がない、というだけでも、お城は安泰だ……。

「そういえば」草太郎が母から飯碗を受け取って父を見る。

「金工師の与平が来てました」

「ほう、御成行列の見物にか」

「はい、行列のあとを付いて来て、御拳場まで。さすがに、離れて見ていましたが。わたしと目が合って、お辞儀をされてしまいました」

笑う草太郎に加門もつられつつ、

「そうか、いや、熱心な男だ」

与平の顔を思い出していた。

二

三月。

加門は神田新銀町の吉兵衛長屋へと出向いた。

開け放たれた戸口から聞こえるトンカンという音に、

「邪魔をするぞ」

と顔を覗かせた。

「あ、宮地様」道具を手放した与平が、手をついた。

「お越しいただき、もったいないこって」

なに、と入って行くと、与平は作業台を脇へ退《ど》かした。

「ささ、おかけください、汚え畳ですが」

そう言いながら身を捻って、箱を手に取った。

「できてます、宮地様の三所物」

蓋を開けながら、差し出した。

前に見た目貫の横に、小柄と笄が並んでいる。

ほう、と加門は手に取って目の前に掲げた。

与平は首を縮めてそれを窺う。

「どうでやしょう」

「ふうむ」加門は小柄と笄を順に、見る。

「よいではないか」

「ああ、よかった」

「うむ、竹ながら力強さもあって、よい風情だ。ご苦労であった」

加門は懐に手を入れた。と、与平はそれを押しとどめるように手を伸ばし、首を振った。

「お代はもういただいてますんで」

「いや、あれでは足りぬであろう」

「や、充分です。宮地様には御拳場で二度も助けてもらってるんですから、これ以上いただいたら罰《ばち》が当たっちまう。どうか、それで収めてくだせえ」

与平は頭を下げた。

動かそうとしないその頭を見つめて、加門は息を吐いた。気を変えるつもりはなさそうだな……。

「あい、わかった」

へえ、と与平がほっとした面持ちを持ち上げた。加門は改めてその顔を見る。

「あれからどうだ、御拳場で公方様と大納言様にお目にかかって、志が高まったのではないか」

へい、と与平は顔を上げる。

「あんときゃ、首を刎《は》ねられるんじゃねえかと思いやしたが、いや、公方様があれほどおやさしいお方だとは……びっくりしやした」

「うむ、公方様は情け深いお人柄なのだ。お城でもよく知られていてな、夜中に小用で起きられるときにも、宿直《とのい》の者を起こさぬように、抜き足差し足で歩かれるそうだ」

「とのい……」

「ああ、お城には役人が順番に泊まり込むのだ。お城を空《から》にするわけにはいかないからな。それを宿直というのだが、むろん、公方様の御側にもつく。御寝所で寝ずの番をするのだ」

「へえ、そら、大変なこって」

目を見開く与平に、加門は小さく笑う。

「まあ、そうはいっても、居眠りする者もいる。公方様もそれをわかっているので、起こさぬように気を配られるのだ。まあ、実際は、居眠りをしていた近習《きんじゅう》も、襖の開け閉めで目が覚めるようだがな」

「はあぁ、そいつはなんとも……」与平は顔を仰け反らした。

「いやぁ、あっしは公方様はもっと威張りくさった、おっかねえお方だとばかり思ってやした。一刀両断《いっとうりょうだん》、首を落とされるんじゃねえかと、あんときは生きた心地がしなかったもんでさ」

首を撫でる与平に、加門は笑顔になる。

「公方様は民のことをいつも思いやっているのだ。お父上の家重公も、同じように下の者に情け深い御仁であられた」

へえぇ、と与平は身を乗り出す。

「そいじゃ、お世継様も同じですかい。あんときは、若いのに堂々としたお方だってえくらいしかわからなかったし、そのあとも御成行列を見たんですけど、そんくらいじゃお人柄まではどうにも」

ふうむ、と加門は上目になった。

「そうさな、まだ御年十七歳ゆえ、お人柄も変わり目といえよう。そなたが思ったとおり、堂々として覇気《はき》があるは確か。だが、情けや御気性などの深いお人柄は、これから固まっていくであろう。人は二十歳まで、いやその先になっても、いろいろと変わってゆくものだ」

「はあ、さいですね」与平は頷く。

「そういや、あっしもそうだった。あっしは十四、五までは気が弱くて、びくびくしてたもんだが、あるとき、兄弟子《でし》にひどく蹴り飛ばされて、腹が据《す》わったもんでさ。そっからは、だんだんと気が強くなりやした」

「ほう、そうか。十代はみるみる変わるものだ。人との出会いでも変わるし、出来事でも変わるからな」

「へい、まったくで」

与平は膝を叩く。

加門は頷きながら、奥にかけられた手拭いを指さした。染められた柄《がら》に見覚えがある。

「あれは、田沼様に頂戴《ちょうだい》した手拭いか」

「あ、へえ」振り向いた与平が頷く。

「洗ったものの血の染みが残っちまって……けど、ああして飾ってあります。もったいなくて、使えませんや、なんたって天下の田沼様からちょうだいしたんだ」

与平が胸を張って笑う。と、その顔を真顔に戻した。

「けど、田沼様もあんなにおやさしいお方とは思いませんでした。公方様の近習で老中ってぇいやぁ、もっと近寄りがたい、おっかねえお人だとばかり……」

「おっかない、か」加門は笑う。

「まあ、老中にはそういうお人もおられるが、田沼様は別だ。気さくで、身分で人を分け隔てすることはなさらないお方だからな」

「へえ、おったまげました。こんなあっしに……傷を案じて、手拭いまでくださるなんぞ……」

首を振る与平に、加門は小さく頷いた。

「そういうお方だ。以前、家臣から聞いたことがある。寒い冬の朝のことだ。登城のために、屋敷の玄関で待っていたお供らは、寒さに耐えていたそうだ。そこに田沼様がお出ましになった。が、田沼様はすぐに屋敷の中に戻ってしまわれたそうだ。供の家臣らは、がっかりしたろう。が、まもなく屋敷の中から別の家臣らが出て来て、茶碗を配りはじめた。熱い燗酒《かんざけ》でな、酒が飲めぬ者は汁粉《しるこ》もあるぞ、と言って、皆に湯気の立つ茶碗を配ったということだ」

「へえぇ、そりゃ、喜んだでしょうね」

「ああ、熱い酒や汁粉を流し込むと、青かった顔に血の気が戻り、皆、白い息を吐きながら、大喜びしたそうだ。田沼様はそれでやっと出立なさったそうだ」

「はあぁ、そらぁ、いい話だ……そうか、田沼様はそんなに情け深いお方なんですね、世の評判なんぞ、当てにならねえや」

「世の評判……それは、どういうものだ」

加門が問うと、与平は自分の口を叩いた。

「やっ、こりゃ……すんません、こんなこと、宮地様に……」

「いや、かまわん」加門は穏やかに与平の目を見つめる。

「わたしは御庭番だと知ったであろう。町の噂を知るのも役目だ。そなたを咎めたりはしない、言うてみろ」

へえ、と与平は肩をすくめた。

「そもそも平賀源内の話からはじまって、源内は山師だってもっぱらの評判で……で、田沼様は平賀源内をかわいがってるってえのももっぱらの評判……エレキテルも息子や側室が見に行ったたって聞きやした」

「ふむ、それは真のこと。田沼様が源内殿を取り立てているのも間違いではない」

「へえ、だもんで、平賀源内が山師なんだから、田沼様も山師なんだろう、と、そういう噂でさ」

首を縮める。が、すぐにそれを伸ばした。

「や、あっしは今となっちゃそんな噂、信じちゃいませんよ」

ふむ、と加門は思う。以前は信じていたのだな……。

いやぁ、と与平は頭を掻く。

「なにしろ、町のもんは田沼様と会ったことなんざありゃしねえんだ。それに、お上《かみ》の悪口を言うのは、みんなの憂さ晴らしってえやつで……勘弁してくだせえ」

「ああ、わかっている」

苦笑する加門に、与平は拳を振り上げた。

「けど、今度っから、そういう悪口を聞いたら、あっしはでたらめだって言ってやりまさ」

「そうか、それは頼もしい限りだ」

加門は笑顔で腰を上げた。

それを見上げて、「そういや」と手を上げて東のほうを指す。

「平賀源内が小伝馬町《こでんまちょう》に家移りしてきたそうでさ。あのお方も、きっと山師なんぞじゃないんでしょうね」

「ほう」と加門も東を見た。

「そうか、小伝馬町なら近くだな」

「へい、なんでも千賀道隆《どうりゅう》とかいう医者の屋敷だそうでさ。みんなが噂してやした。エレキテルでがっぽり儲けたにちげえねえって」

ふっ、と加門は口を歪める。名が出るとそのように思われてしまうのだな……。

「源内殿は山師などではないし、さほど儲かってもいない。それもついでに言っておいてくれ」

加門の苦笑に、与平は胸を叩く。

「へい、合点で」

加門は苦笑のまま、踵を返した。

「では、また参る」

横顔で、与平が深くお辞儀をするのが見えた。


屋敷の行灯の横で、加門は受け取ってきた三所物を手に取った。

「まあ、きれいですこと。お父上の刀に付けるのですね」

入ってきた千秋が覗き込む。

「うむ、やっとできた。目貫を付け変えるためにも、柄《つか》を巻き直さねばならん。柄巻《つかまき》師《し》に出せば、それでできあがりだ」

刀は拵えのそれぞれに職人がおり、柄を作る職人もいれば、そこに紐を巻き付ける職人も別にいる。柄巻きの紐は傷みも早いため、宮地家ではいつも頼んでいる柄巻師がいた。

「よろしゅうございましたね、それで加門様の刀は草太郎に渡すのですね」

「ああ、父の刀よりもわたしの物のほうがよいからな、そろそろ草太郎に譲るときだ。妻を得るのだからちょうどよい」

ええ、と千秋は小柄を手に取った。

「よい細工……あの」加門を見る。

「女子《おなご》が使う小柄と笄を作ってもらうというのはいかがでしょう。千江の嫁入り道具に持たせたいのです。わたくしの物は、鈴《すず》に持たせてしまったので」

おう、と加門は膝を打つ。

「それはよい考えだ」

「よかった」

千秋は手を合わせて微笑んだ。

だが、と加門は天井を見る。与平は人柄に合わせて作るこだわりがある。が、千江を連れていくわけにもいくまい。いや、娘の気性はわたしはよくわかっているのだから、それを伝えればよいのだ。どのような細工が合うか……。

加門は天井を見上げて考える。梅、いや、そんなに楚々《そそ》とした娘ではない、桜、いや、それほど艶《あで》やかではない……。

ううむ、と唸る加門を、千秋は不思議そうに見た。

三

神田の裏店から、加門は外へと出た。

新しく紐を巻き直してもらった柄を、懐にしまう。

さて、と加門は小伝馬町への道筋を歩き出した。家移《やうつ》りをした源内の屋敷がそこにある。

道の中ほどを歩いていた加門は、おや、と横に逸れた。

前方から、男が勢いよく走ってくるのが見えたためだ。

空《あ》けた道を走り去って行く。

と、さらに足音がそのあとに続いた。数人の男達が人のあいだを縫って走って来る。

「待てっ」

そのあとから、二人の役人がやって来るのも見えた。

追われている男の一人が、老婆を跳ね飛ばした。

道に転んだ老婆は、腕を宙に泳がせ、足も空《くう》を蹴る。

「大事ないか」

加門は駆け寄り、その背を支えた。

ああ、へえ、と言いつつ、老婆は手足を動かしている。

走り去って行った男達を、役人らが追って行く。

無宿人か、と加門は振り返った。

四月の三日に、公儀は江戸御府内の無宿人を佐渡金山《さどきんざん》に工夫として送る、という触れを出した。

追って八日、無宿者取締令が出された。それによって、無宿人は役人に捕らえられることになったのだ。

数人の無宿人が辻でばらけて散って行くのが見えた。

役人はきょろきょろとしながらも、分かれて追って行く。

加門は顔を戻すと、老婆を支える手に力を込めた。

「さ、立てるか」

「ああ、へえ」

腕を振りながら、ゆっくりと腰を浮かせる。

「足は大丈夫そうだな」

加門はその腕を引き上げた。

老婆は着物の汚れを叩《はた》きながら、加門を見上げた。

「こりゃ、お侍さん、ありがとさんでした」

「いや、災難であったな」

はあ、と老婆は道の向こうを見た。

「けんど、しかたねえ、あいつらは逃げるしかあんめえよ。とっ捕まって佐渡に送られでもしたら、たまんねえからな」

ほう、と加門は目を合わせた。よい機だ、町人の考えを聞いてみよう……。

「佐渡に送られるのは気の毒だ、と思うか」

老婆は眉間の皺《しわ》を深めて頷く。

「そら、かわいそうさ。うちの長屋にいたもんも、お触れが出てから逃げ出したけど、水くみを手伝ってくれる気のやさしい男だったもんで」

ふう、と息を吐いて、老婆は腰まわりを叩いた。

「長屋には」加門は顔を覗き込む。

「無宿者がけっこう住んでいるのか」

「へえ、いますよ」皺を動かして頷く。

「うちの長屋では一つ所に三人で住んでたし、どこの長屋にもそういうふうに暮らしてるのがいるもんで。出たり入ったりするけど、戸を直してくれたり、子供をあやすような気のいいもんもいるし」

「ほう、そうなのか、だが、無宿者は博打に手を出したり、盗人に成り下がったりする者も多いようだが」

ああ、と老婆は半歩下がった。

「そりゃ、いるでしょうよ、江戸にいたって、いっつも仕事にありつけるわけじゃないからね」

老婆はじわじわと間合いを広げていく。いつの間にか上目になっていた。その目は役人か、と問うていた。

加門は面持ちを弛める。

「そうか、無宿人は増えているし、仕事は限られているゆえな」

「そうさ」老婆はうしろに下がりつつ、口を歪めた。

「うちの長屋にいたもんは、百姓やっててもひもじいばかりだったって、言ってたよ。こんな世の中だもん、誰が悪いのかねえ」

そう言うと、くるりと背を向けすたすたと歩き出した。大きく振る腕は、言ってやった、と快哉《かいさい》を叫んでいるよう見えた。

加門はその場で老婆を見送る。あとを歩けば、咎められると案じて走り、転ぶかもしれない。辻を曲がって姿が見えなくなってから、加門は歩き出した。

歩きながら城のほうを振り返った。

無宿人に手を焼いていたのは確かだ。だが、金山送りというのは、どうなのか、と加門は腹の底でつぶやく。考えたのは、おそらく町奉行と勘定奉行だろう。町奉行は無宿人が減れば揉《も》め事《ごと》が減って助かる。そして、勘定奉行は、金山の取り高が上がれば助かる。方策として考えれば、一石二鳥というところだろう……しかし……。

加門は眉間を狭めた。

どちらも、城の内側を見た方策だ。うまくいけば、手柄になるだろう。御公儀の内では、評判が上がるに違いない。が、そこに、町への目配りはない。いや、無宿人を人とも思わぬ冷たさがある……。

加門は空を見上げた。

これでは御公儀への不満が高まるばかりではないのか……。

目を眇めつつ、加門は首を振った。


小伝馬町の辻を曲がって、加門は一軒の屋敷の前に着いた。隣にある屋敷は千賀道隆の家だ。

源内は田沼家を通じて、道隆と親しくなっていた。医学と蘭学を学ぶ者同士、そして慣習にとらわれない自由な考えを持つ者同士として、会ってすぐに気が合った仲だった。

　源内は長崎から戻ったあと、借りていた家が焼けてしまったこともあり、しばらく道隆の屋敷に世話になっていたこともある。

　千賀家の長い塀の横に、いかにもあとから繋いだ塀と門があった。

　思っていたよりも小さいな……。そうつぶやきつつ、

「ごめん、源内殿はおられようか」

　と、声を張り上げた。

　すぐに戸が開き「やや、これは」と源内が現れた。

「宮地様、よくここがおわかりで」

「うむ、千賀殿の屋敷には以前、来たことがあったからな」

　千賀道隆は田沼家に昔から出入りしていた医者であったため、加門もよく知っている。息子の道有も医者となり、歳の近い意次と親しい。その縁から御部屋様となった早代の養親となったのだった。

　道隆は長く町医者であったが、数年前、意次の推挙《すいきょ》もあって公儀の御医師として召

し抱えられている。

屋敷に上がった加門は、室内を見まわした。

書物などがあちらこちらに積まれている。

「家移りされて、すっかり落ち着いたようですな」

「ああ、いえ」源内は大川のほうを指さす。

「清住町の屋敷もそのまま借りているんです。あそこは凧揚《たこあ》げをするのには、もってこいの場所なもので」

「ほう、源内殿は凧揚げがお好きか」

「ええ、わたしの雅号、紙鳶堂というのは紙の鳶《とび》、つまり凧のことでして。凧の形を工夫したり、風向きを読んだりするのは面白いものです。揚がった凧を操っていると、空を見上げることになりますからね、こう、頭の中に波が立つというか、いろいろな思いつきが浮かんでくるのですよ」

「なるほど、源内殿の奇抜な才は、空から呼び起こされるわけですな」

「いや、さほどのものじゃありません。わたし自身があてなく漂う凧のようなものなので、気分がほぐれるんでしょう。ですが、やはり川向こうは不便、こちらは便利なものですから、あっちとこっちを行ったり来たりしておるのです」

「ふむ、よいですな」

「いや、それにあちらは職人達を住まわせているので、手狭になったというのもあったのです。そこに道隆先生が、使っていない小さな屋敷があるから使うか、と言ってくだすったんで、借りたわけです。そもそもその書物……」

源内は積んである書物を指す。

「長崎に行った折、道隆先生のお屋敷で預かっていただき、そのままだった物もありましたんで」

「ほう、そうだったのか、火事ですべて失ったのではなかったのだな」

「ええ、貴重な物は道隆先生に預かっていただいたのです。いや、まさか、あんな大火が起きるとは思ってませんでしたけど、空き家だと盗人に狙われるのがオチ、江戸の町は油断なりませんからねえ」

「ふむ、確かに。では、エレキテルもこちらに移したのですかな」

「いいえ、あれは清住町の屋敷です。あっちの職人らに新しいエレキテルを作らせているもので」

「新しいエレキテル」

「はい、どんどん作って広めるつもりです。外国《とつくに》にも売れば、日本の銭をこれ以上減らさずにすみましょう、それどころか、国に入る銭が増えるというもの、田沼様の方策の手伝いになれば、と考えておるのです」

「なるほど、それはよい考えだ」

「ええ、これからは田沼様の仰せのように、外国から物を買うのではなく、物を売る国にならねばなりません、そのために、わたしも知恵を振り絞って参る所存ですよ」

胸を張る源内に、加門は口元を弛める。

「それは頼もしい、おきつ、いや、田沼様も喜ばれよう」

「はい」

頷く源内は、おや、と戸口に顔を向けた。

「源内殿」

と、呼ぶが聞こえ、戸が開いた。

「おおっと、いけない」

腰を浮かせたところに、襖が開いた。

千賀道隆だ。と、その目を見開いた。

「おっ、これは、加門殿、おいででしたか」

「これは千賀殿、しばらくぶりです」

加門は立ち上がり、腰を曲げた。

「ほうほう、お変わりなく、ああいや、なればちょうどよい」

道隆は立ち上がった源内と加門を交互に見る。

「これから源内殿と杉田玄白《すぎたげんぱく》殿を訪ねるのです、加門殿もご存じでしたな、どうです、ご一緒に」

蘭学に通じ、阿蘭陀の医学書『ターヘル・アナトミア』を『解体新書《かいたいしんしょ》』として訳した杉田玄白は、源内らとも付き合いが長い。加門も、源内と通じて付き合いができていた。

「ほう、それはぜひ。久しくお会いしていないので」

杉田玄白は若い頃に一時、町医者として町暮らしをしていたが、もともと小浜藩《おばまはん》の藩医の出だ。その後、命《めい》を受けて藩に仕え、藩医として中屋敷に暮らしていた。が、二年前の安永五年に、外住まいを許されて中屋敷を出ていた。中屋敷近くの浜町《はまちょう》にある旗本竹本家《たけもとけ》の屋敷の一部を借りて開業し、〈天真楼《てんしんろう》〉という医学塾も開いていた。

「では、参ろう」

道隆はにこやかに歩き出す。

加門も源内とともに、それに続いた。

四

六月半ば。

端座する草太郎の前に、加門は刀を置いた。

「これをそなたに譲る」

草太郎は刀と父を交互に見る。

「父上が長年大事にされた物ですよね、よいのですか」

「ああ、わたしも父から譲り受けたのだ。わたしはこれからはこちらを使う」

加門は傍らに置いた刀を目で示した。

「それは、御爺様の刀ですね」

「そうだ、少し直したので、見栄えがするであろう。この先はわたしはこれ、そなたはそれを使うのだ」

草太郎は手を伸ばすと、置かれていた刀を両手で捧げ持った。

「はい、では、ちょうだいいたします」

「うむ」加門は頷く。

「まだ当分は家督を譲ってはやれない。わたしはまだお城にいたいのでな」

「はい、田沼様も心強いかと存じます」

「すまんな」加門は息子を見つめた。

「だが、そなたも妻を得る身、三代目として足下は固めなくてはならん。ゆえに、この刀を譲るのだ。心構えだけは、しっかりと持ち直してくれ」

「は、心得ました」

草太郎は刀を掲げると、頭を下げた。

加門は、面持ちを弛める。

「どうだ、支度はすんだか」

婚儀は三日後だ。

「はい、母上が調えてくださいました」

「そうか、妙殿が早くなじめるよう、気を配ってやるのだぞ」

「はい、妙殿はしとやかに見えて、なかなか肝《きも》の据わったところがありますゆえ、心配はいらぬかと。千江も冬には屋敷を出るわけですし、母上とはうまくやっていけるでしょう」

そうさな、と加門は苦笑した。

千江はさっぱりとした気性ではあるが、妙にとっては小姑《こじゅうと》であることに違いない。よけいな気遣いは少ないほうがよい……。

そう思いつつ、加門は耳を澄ませた。障子越しに、千秋と千江の笑い声が聞こえてくる。

さて、あとは千江か……。


草太郎と妙の婚儀がすみ、宮地家に女《おなご》の声が増えた。

「出かけてくる」

その声に、妙が玄関に飛んでくる。

「いってらっしゃいませ」

三つ指をつく嫁に続いて、千秋と千江もやって来た。

うむ、と頷いて加門は外へと出た。

行き先は神田の新銀町、与平の長屋だ。

すでに馴染んだ長屋の木戸をくぐると、加門はまっすぐに与平の家の前に立った。

いつものように、作業台に向かう与平は、すぐに気づいて顔を上げた。

「あ、これは宮地様……あっと、細工になにか不具合でも……」

いや、と加門は足を踏み入れる。と、奥に目を向けた。動くものがあった。寝転がっていた男が、起き上がったのだ。

前に来ていた兄弟子か、と加門は顔を逸らせたまま、目で追った。

兄弟子は、ちらりと目を向けると、窓へと這《は》って行く。裏庭に面した縁側から下りると、そのまま姿を消した。

それを振り返る与平に、加門は言う。

「邪魔をしたな、兄弟子であろう」

ああ、与平は首を振る。

「かまいやしません、三次《さんじ》さんはときどき来ては、二、三日泊まっていくんでさ。また、戻ってきやすんで」

そうか、と加門は腑に落ちた。無宿人の取り締まりが行われているため、転々と居所を変えているのだろう……。

「いや」加門は腰に差した刀を抜いた。

「これを見せたくてな。そなたの作った三所物、刀に付けたぞ」

「あ、こりゃ」腰を浮かせて覗き込む。

「はあ、よかった、ちゃんと合ってますね」

「うむ、満足している。それと、だ、そなたに新たな頼みがある」

「へ、なんでしょう」

与平は作業台を除《の》け、加門の座る場所を作った。

「おう、すまん。実はな、娘が嫁に行くことになってな、女が使いやすい小柄と笄を持たせてやりたいのだ。そなた、作ってくれまいか」

「女の……へえ、前にやったことがあります、刀の三所物よりも少し大きくして、飾りもたくさん付けて」

「そうか、それなら話は早い。小柄には鞘も付けてくれ」

「へい」与平が背筋を伸ばす。

「やあ、こりゃ、ありがたいこって……」

満面の笑顔で頷くが、すぐに真顔になった。

「あ、そいで、娘さんというのは……」

「ああ、気性はわたしがわかっているゆえ、文様も決めてある。空飛ぶ雲雀《ひばり》だ」

「雲雀」

「うむ、娘はなかなかの勝ち気でな、しとやかとはほど遠い気性だ」

「へえ、そんなら、雲雀はようござんすね」

「そうであろう」

「へい」与平は腕を上げると、破顔した。

「やあ、これは楽しみだ。あっと、お急ぎですかい」

「いや、婚儀は十月ゆえ、そうさな、九月の二十日頃でよい。そなたの腕はよくわかったから、もう思うように作ってくれてよいぞ」

　へい、と与平は頷く。

「十月か……」与平はつぶやくと、ふと、眼差しを変えた。

「十月といやぁ、その辺りからお鷹狩りははじまるんですかい」

「うむ、十月となれば、渡り鳥がやって来るからな、お鷹狩りもはじまる時期だ。また、御成行列を見に行くつもりか」

　加門が小さく笑うと、与平は大きく頷いた。

「へえ、お世継ぎ様が細工を作ってみよ、と仰せになられたってことは、あっしが作ってみてもいいってこってすよね」

「ふむ、そうさな」加門は笑みを収める。覚えておられればよいが……。

「作ることに咎めは受けぬ。作って献上することはできよう」

「へえ」与平は拳を握る。

「ちくしょう、腕が鳴るぜ……龍か鳳凰《ほうおう》か、それとも麒麟《きりん》か…次の将軍様にふさわしいっていったら、やっぱし、その辺……」

与平は目を細めて天井を見上げる。その目は天井を突き抜けて、空へと届いているようだった。

加門は笑みを浮かべたまま、腰を上げた。

「やりがいがあるな、せいぜい励むがよい」

「へい」与平は顔を戻す。

「あっ、ご注文のほうもかっちりやりますんで」

「ああ、頼んだぞ」

加門は笑顔のまま、明るい外へと出た。

七月。

田沼邸の長い廊下を、加門は進む。すでに陽は落ち、広い庭は闇に沈みはじめていた。いつもの奥の部屋に通されると、しばらくして意次がやって来た。

「すまん、待たせてしまった」

「いや、客が多いのはわかっている、気にするな」

「うむ、切りがなくてな」意次は座りながら、箱を前に出した。

「遅くなったが、草太郎殿への祝いだ、なに、つまらぬ夫婦茶碗《めおとぢゃわん》だが」

桐の箱を加門は受け取る。

「これは、かたじけない」

御庭番の御用屋敷には、外の者を入れないのが決まりだ。たとえ、婚儀や葬儀でも、それは変わらない。ゆえに、親しい仲でも、その席に招くことはできなかった。

「して、どうだ、嫁御は」

「うむ、よく気のつく嫁で助かっている」

世間話を交わす。と、意次が面持ちを引き締めた。

「ところで加門、最近は町に出ているか」

「うむ、よく歩いている。そのことで、わたしも話したいと思っていたのだ。無宿人の取り締まりだが……」

「おう、わたしもそれを聞きたかった。町のようすはどうだ」

身を乗り出す意次に、加門は腕を組んだ。

「うむ、あまり目につかなくなったような気はするのだが、いなくなったわけではない。表に出ず、裏に隠れただけなのではないか、と感ずるが」

ふむ、と意次は首を振る。

「やはり、そうか。はじめの頃は、つぎつぎに捕らえて佐渡に送ったというのだが、それ以降は、数が減っているらしい」

「そうであろうな、あのような触れが出されれば、逃げ出す者が増えよう。まあ、江戸から追い出そうというのもあの法の狙いなのだろうが……しかし、逃げてもすぐに戻るだろうし、潜んでいるだけの者も多かろう」

「そうか……法ができれば、必ず抜け道もできる。そういうことだな」

「うむ、それに、町の者らの評判はあまりよくない。無宿人の誰もが悪いわけではないし、皆、困窮する者らの心情に添うからな。それに無礼を承知で言うが、策としても上策とはいえない気がするが」

ううむ、と意次が唸る。

「実はわたしも、よい策とは思うておらん。が、城中では上策として通ってしまってな、果たしてうまくいくのか、と案じていたのだ」

「そうか、まあ、実際にやってみなければわからん、というのも役人の言い分ではあるしな」

「うむ、それで効果が出なければ消えてゆくのも法だ」

二人は頷き合う。

意次は「そうだ」と、また身を乗り出した。

「もう一つ、話があったのだ。実はな、一橋家から申し出があったのだ」

「一橋家、どのような」

「意致を家老にしたい、というのだ」

「意致殿を……」

意次の弟であり意致の父であった意誠は、長年一橋家の家老を務めた。役目に就いたまま急逝し、嫡男の意致が家督を継いだ。が、意致は一橋家に出仕してはいなかったため、西の丸の目付に任じられたのだ。

ふうむ、と加門は眉を寄せた。

一橋家の治済は、よほど田沼家、いや田沼意次とつながりを深めたいと見える……まあ無理はない、老中でこの先も伸びていきそうなのは紛れもなく意次だ……。

老中首座は松平武元《たけちか》が務めている。家治が世子の頃から〈西の丸下の爺《じい》〉と呼んで、頼りにしてきた重臣だ。

家治が将軍を継いだ折には〈政はまかせる〉と言って、武元に委ねたほどだった。その武元は今も出仕を続けている。が、すでに六十六歳という歳になり、この先がいつまで続くのかは覚束《おぼつか》ない。

それを踏まえれば、と加門は考えを巡らせる。その後に御政道を取り仕切るのは、田沼意次に間違いない。家治の信も厚く、これまで多くの実績も上げている。老中はほかにも三人いるが、意次の才覚を超える御仁ではない。治済様も、それを見抜いていることだろう。加えて、他の老中は家格や血筋を誇り、御しがたいところがあるが、なにも持たない田沼意次は、一橋家にとって使いやすいはずだ……。

加門は思わず歪んだ口を、元に戻した。

「して、受けたのか」

「うむ。断る道理もないし、意致に問うたら、受ける、と言ったのでな」

「ふむ、そうか」

加門は治済の顔を思い浮かべた。温和な面持ちに、柔和な振る舞いで人当たりがよい。だが、その如才のなさが、加門には棘《とげ》のように引っかかっていた。

「いつから一橋家に移るのだ」

「もう今月、下旬には入ることになる」

そうか、と加門は顔を横に向けた。

壁の向こうの隣に、一橋家の屋敷があった。

七月二十八日。

田沼意致は一橋家の家老として、役目に就いた。

その翌月、八月下旬。

下城のため、道を歩いていた加門は、おや、と足を止めた。揺れたような気がしたためだ。地震か……。が、周りは気づいていない。気のせいか、と加門は再び歩き出した。

さらに次の日。

登城し、御庭番の詰所に入ると、すでに来ていた数人が顔を上げた。

「聞いたか、大島《おおしま》がまた大きく火を噴いたそうだぞ」

「大島」加門は輪に加わる。あの揺れはそのせいか……。

「三原山《みはらやま》か……去年の大噴火からずっと続いているな」

「うむ」高橋が頷く。

「先ほど、村役人からの使いが来たそうだが、また勢いを増したそうだ」

「長いな……三原山というのはそれほど大きな山なのか」

加門は榛名山《はるなさん》や浅間山《あさまやま》を思い浮かべる。

「いや」馬場が首を振る。

「大島に行った者から聞いたことがあるが、もとは小さな山だったということだ。だが、穴からはしょっちゅう煙が出ていたらしい。それが去年の大きな噴火以降、山がどんどん大きくなっているということだ」

「ふうむ」

皆は顔を見合わせる。

「いいかげん収まってくれればよいがな」

ああ、と顔を海のほうへと向けた。が、噴火はその後も続いた。

五

朝餉をすませると、加門は御用屋敷を出た。

非番のため、今日は自由だ。

加門は町を歩きながら、昨日、詰所で聞いた話を思い起こす。

〈聞いたか、平賀源内のエレキテル、まがい物が売り出されたそうだ。高値で買ったものの、火も出ず、うんともすんとも言わないらしい〉

まがい物とは……。加門は眉を寄せる。源内が作った菅原櫛もすぐにまがい物が作られ、源内櫛と呼ばれて広まったのを思い出す。

小伝馬町の辻を曲がり、源内の屋敷に近づいた加門は足を止めた。

屋敷の前に、数人の男が立っている。

「源内先生、出て来てくださいよ」

つま先立ちになり、大声を上げている。

加門は横目で見つつ、千賀道隆の屋敷へと向きを変えた。

潜り戸から入って行くと、以前にも来たことのある庭へとまわる。

「ごめん」

声を上げながら、奥の部屋へと向かった。

「や、これは加門殿」半分開いた障子から、道隆が顔を出す。

「さあ、お上がりを」

障子が開くと、奥には源内の姿があった。

「邪魔をします」上がり込んだ加門は、源内に向き合った。

「いや、まがい物のエレキテルのことを聞き、心配になったもので」

はあ、と源内は顔を歪める。

「まったく困ったものです、うちの職人どもが作った動きもしないエレキテルを勝手に売ったのです」

　は、と加門は身を反らした。

「職人とは、清住町に住んでいる……」

「ああ、もういません」

　首を振る源内に、道隆が言葉を受ける。

「売った金を持って逃げたそうだ」

「ええ」源内の顔が歪む。

「職人頭の弥七《やしち》のやつめが、先頭を切ってやったんでしょう、いくらで売るのかと何度も聞いていたし、金に欲深い男だったのです。いや、はなっからそういう魂胆《こんたん》だったのかもしれない……そう思うと、腸《はらわた》が煮えくりかえるようです」

　源内は拳で膝を打つ。

「ふうむ」道隆が腕を組んだ。

「まあ、起きてしまったことはしかたあるまい。弁済せねばならぬのは口惜しいことだが」

　ああ、と加門は目を動かす。

「源内殿の屋敷の前に男らがいましたが、あれはやはり、買った者が押しかけて来たのですか」

　ええ、と源内は天井を見上げる。

「弥七めらは、平賀源内のエレキテルと言って売りつけたので、わたしのところに金を返せ、と来たのです。まあ、あちらにしてみればそれが道理、うちの職人だったことは確かですし」

　大きな息を吐くのに、道隆は苦笑を浮かべた。

「金は都合するゆえ、もう嘆くな」

「はあ」と源内が手をつく。

「恐縮の至り」

　そのようすに、加門は笑みが浮かびそうになって、嚙み殺した。

　源内殿は恵まれているな、町では山師などと呼ばれているが、引き立てるお人も多い。意次といい、杉田玄白殿といい、その才がわかる人は放っておけないのだろう。敵が多い人は味方もまた多い、ということか……。

「いや、腑に落ちました」加門は二人を見た。

「どういうことか、と案じたのですが、納得です。まさか、弟子ともいえる職人らの仕業とは思いませんでしたが」

「そう、弟子でした、なのに」源内は拳を振り上げる。

「金のために師の名を汚すなど、卑劣下劣《ひれつげれつ》、恥を知らぬ振る舞い……捕まえたら首根っこを押さえて息の根を止めてやる。だから、馬鹿と阿呆《あほう》は相手にできないのだ、えええい、まさにべら坊とはやつらのこと」

顔を赤くして畳を叩く源内に、道隆は「うむうむ」と頷く。

加門は源内の屋敷のほうを見やった。

「しかし、職人の仕業、源内殿の与《あずか》り知らぬこと、というのははっきりしておいたほうがよい。門に張り紙などしたほうがよいかと思うが」

「おお、それはよい」道隆が膝を叩く。

「今後、同じことが起きぬよう、広めておくことだ」

ああ、と源内が身を起こす。

「それは妙案、さっそく書きましょう。道隆先生、筆を拝借」

源内は文机に向かった。

九月下旬。

加門は与平を訪ねた。

「入るぞ」

開いた戸から、加門は入る。

「へい」

与平はすぐに作業台をどかし、木箱を引き寄せた。

「できてます」

蓋を開けると、胸を張った。

ほう、と加門は小柄の納まる鞘を手に取った。

雲雀が数羽、翼《つばさ》を広げた模様だ。

「勢いがあってよいな」

「へい、そのように作りました」

笑顔になった与平は鼻の下をこする。

同じように雲雀が飛び交う笄も、加門は手に取った。

「うむ、よい仕事だ」

加門は懐から小さな紙の包みを出すと、与平の前に置いた。

「これは払いだ」

多めに包んだ包みをすっと押し出す。

「や、これは」

手に取った与平は、重さに恐縮しつつ、額の前に掲げた。

「そいじゃ、ありがたく頂戴しやす」

うむ、と加門は木箱を風呂敷に包む。と、その顔を上げた。

「お鷹狩りがはじまるぞ」

「え、いつからですかい」

「十月の二日に決まった。大納言様は心待ちにしておられたようだ」

「二日……すぐですね、どこの御拳場で」

「中野《なかの》だそうだ」

「中野かあ、行ったことねえけど……」

つぶやきながら笑顔になって、加門を見た。

「いやぁ、ありがとうござんす、中野だろうがどこだろうが、行きますぜ。御成行列はお世継ぎ様のお姿を拝める貴重な折、そいつを逃してなるもんかってね」

加門も笑みにつられる。お鷹狩りは庶民には評判が悪いが、喜ぶ者がいると思うと、気分がいい。

「まあ、せいぜい目に焼き付けることだ」

「へい、この目にしっかりと写し取ってきやす。そのあと、図柄をあれこれと考えるのが楽しいんでさ」

「ふむ、仕事が好きなのだな」

「ああ、いやぁ、昔はでえっ嫌いだったんです。こんなちまちました仕事向いてねえって思って……けど、親方がいなくなって好きにやれるようになってから、面白くなりやした」

「ふむ、そうなのか」

「へえ、まあ、好きにやれるのも、殴られ蹴られの修業があってこそなんですけどね。それがつらくてやめちまう者もいるし」

「ほう、逃げ出す者もいるのか」

「へえ、珍しくありませんや。まあ、あっしは帰る家がなかったからしかたなく続けてただけなんで、偉そうに言えた義理じゃねえですけど」

　与平は肩をすくめる。

「災いはどう転ぶかわからんものだ」加門は笑顔で立ち上がった。

「これからも気張れよ」

　へい、という声を聞きながら外へ出る。

と、奥の厠《かわや》から男が出て来た。

加門は気づかぬふりをして目だけで見る。

兄弟子だった三次だな……相変わらずたかりに来ているのか……。

加門は背を向けて木戸を抜けた。


十月二日。

「ただいま、戻りました」

草太郎の声に、出迎える妙の足音が鳴った。

「おかえりなさいませ」

妙が笠を受け取る。

草太郎は、家基のお鷹狩りの供として出かけての戻りだ。

加門も廊下に出て、寄って行く。

「どうであった、中野は」

「はい、鴨がたくさんいました。大納言様は五羽も狩られましたよ」

手拭いで顔を拭いながら、草太郎は笑顔になる。

「お鷹狩りがすっかりお気に召されたようで、近々、またお出ましになられるようです。御側衆が次の御拳場をどこにするか、話し合われていました」

「ほう、そうか。上様もお喜びであろう、壮健なればこその楽しみだ」

ええ、と草太郎は目を細めた。

「大納言様は真に楽しげに狩りをなさるので、見ていて気持ちがいいです」

「ふむ」と加門も目を細める。

「そうだ」草太郎は笑う。

「金工師の与平、また来ていましたよ」

そうか、と加門は笑って廊下を歩き出す。歩きながら部屋を覗いた。

千江が着物を縫っている。

渡された小柄と笄を大層喜び、木箱は棚に置いてある。

ここにいるのもあと七日か……。加門は足を止めて娘を見た。

「あら、父上、なにか御用ですか」

見上げる娘に、加門は微笑んだ。

「なに、見ているだけだ」

まあ、と千江は照れたように首をすくめた。

七日後。

婚儀は無事にすみ、千江は水面を飛び立つように嫁いでいった。
逆に、渡り鳥は北風に乗って増え続けた。
十月から十一月、十二月と家基のお鷹狩りは続いた。

第五章　謎の落命

一

年末。

夜の闇が降りた品川の浜辺に、加門と中村勝之進は立っていた。

浜の漁船に、乗り込んだ漁師が提灯《ちょうちん》を掲げる。

「さあ、乗っておくんなさい」

加門と勝之進は頷き合い、さほど大きくない船に乗り込む。続いて町人二人の客も乗った。艪《ろ》を握る漁師は、ゆっくりと船を出した。

暗い海に漕《こ》ぎ出した船は、凪《な》いだ海面を進んで行く。

「もうすぐですぜ」

漁師が船尾から声を上げると、船頭の男は振り返った。

「今日は雲が出てっから、見えるはずでさ。ついこのあいだまではようく見えたんですが、最近はだんだんと勢いがなくなってきやした」

浜からはすでにずいぶんと離れていた。

「そら」

船頭が手を上げる。

海の向こうに、赤い色が見えた。

「おおっ」

客から声が上がる。

加門と勝之進も腰を浮かせ、海の彼方《かなた》を見た。

空が丸く、赤くなっている。

「あの下が大島ということか」

勝之進の問いに、船頭が「へい」と答える。

「昼間なら、島影が見えることもありやすよ」

加門は身を乗り出す。

「三原山の火が雲に映っているのだな」

「さいで」船頭が振り向いた。

「はじめはなんだかわかんなくて、おったまげたけど、大島から逃げて来た漁師が教えてくれたんでさ」

「すげえな」

客の町人が顔を見合わせる。

「ああ、話に聞いたときはほんとかよ、と思ったけど、ほんとだったな」

加門は辺りに目を向けた。

海面で揺れる提灯がいくつもある。

去年から、三原山の火が見える、というのが評判になり、漁師が見物の船を出すようになっていた。すでに一年以上も続いている。

「きれいなもんだな」

町人がつぶやくと、連れが「そうかぁ」と首をひねった。

「なんだかおっかねえぜ」

勝之進は腰を落として、加門を横目で見た。

「不気味な色だな」

ああ、と加門は頷く。

「さあ、そいじゃ、戻りますよ」

船尾の漁師が艪を動かし、船は遠くの火に背を向けた。


年明けて安永八年。

正月の慌ただしさが落ち着いた九日、家基はさっそく鷹狩りへと出かけた。その勢いのまま、二月に入っても御成は続いていた。

二月二十一日。

御庭番の詰所に、足音が駆け込んで来た。

馬場が飛び込んでくると、皆を見渡した。

「大納言様が運ばれて来るそうだ」

なに、と皆は顔を歪める。

「運ばれて来るとはどういうことだ」

「今日はお鷹狩りであろう」

「なにかあったのか」

交わされる声に頷きながら、馬場は皆の前に座った。

「今日、お供についた明楽《あけら》殿から使いが来たのだ。なんでも、お腹の痛みを訴えられているらしい」

なんだ、と西村が声を落とした。

「落馬でもされたのかと思うたぞ」

「うむ」野尻も続ける。

「運ばれるというから、足でも折られたかと案じてしまった」

「だが」加門が皆を見る。

「腹痛で運ばれるというからには、軽く見ないほうがよい。お供の奥医師の手当てが功をなさなかったということだろう」

「ふむ」西村が頷く。

「回復の兆《きざ》しがないゆえ、お城に戻ることにしたということか、ちと心配だな」

「そうだ」馬場が頷く。

「お鷹狩りの先で、具合が悪くなられるというのは、時折あることだが、その場で留まられることが多い。戻って来られるとは……」

「ふむ、しかし」野尻が言う。

「留まられるのは御殿があればの話、今日は確か、新井宿村《あらいじゆくむら》に御成であったろう、御殿はない所だ」

「ああ」馬場が受ける。

「それゆえ、東海寺《とうかいじ》を使われたそうだ。そこでのお休み中に、お加減が悪くなられたらしい」

「と、いうことは」加門は眉を寄せる。

「中食を召し上がったあと、ということか」

いや、と馬場は首をひねった。

「そこまでは、伝わってきていない。くわしくは明楽殿が戻ってからだ」

「そうだな」

皆の声が揃った。


家基が戻った西の丸御殿は、にわかに慌ただしくなった。

奥医師や医官が集められ、薬を運ぶ小姓や家臣が廊下を行き交う。

加門は西の丸の庭からそれを眺め、再び詰所に戻った。

明楽が表の役人らへの報告を終え、詰所にやって来た。

皆が輪になって明楽を取り囲む。

見つめる多くの眼に、明楽は息を吸い込んで口を開いた。

「まず、順を追って話す。朝、お城を出た際には、いつもどおりであられた。御拳場でも鴨を数羽狩られ、ご満悦《まんえつ》のごようすであった。で、昼となり、東海寺で中食を召し上がることとなった」

「中食は持参したのだろう」

輪から声が上がると、明楽は頷いた。

「うむ、お重の弁当をお城から持って行った。だが、汁物は寺で出してもらった」

「汁物、どのような」

「寺でよく出す海苔《のり》の澄まし汁であった」

「して、それらを召し上がったのか」

「うむ、わたしは庭から見ていたが、いつもとお変わりなく、よく召し上がっておられた。それからお茶を飲まれ、菓子も出された。で、それからしばしのち……お腹の御不快を訴えられたのだ」

皆が目を交わす。

「医者は、お供の医者はすぐに手当てをしたであろう、誰が付いて行ったのだ」

「今日のお供は池原雲伯《いけはらうんぱく》殿であった」

「池原……田沼様が推挙されたという医者だな、宮地殿はご存じか」

問われた加門は、うむ、と頷く。

「名は聞いている。名医との評判だ」

「その池原先生は」明楽が言う。

「すぐに薬湯《やくとう》を作り、大納言様もそれを飲まれたのだ」

「それが、効かなかったということか」

輪から上がる声に、明楽が再び頷く。

「しばし、ようすを見たものの、御不快は強くなる一方であったのだ」

ふうむ、と皆が唸る。

加門がそっと口を開いた。

「お毒味役はいたのだろうな」

うむ、と明楽が頷く。

「いつものように、お重から少しずつ取り、毒味はしていた。が、あとで確かめたところ、お茶と菓子は毒味をしなかったようだ」

「毒味……」野尻がつぶやく。

「まさか、それはあるまい」

皆は黙って目顔を交わす。

明楽は皆を見まわした。

「今、御殿では、手当てがなされている。大納言様はまだお若いのだ、ほどなく回復されるであろう」

家基は年が明けて十八歳になったばかりだ。

「うむ」

「そうさな」

「すぐによくなられる」

輪の中から言葉が連なっていく。

皆の面持ちが弛み、張っていたそれぞれの肩から力が抜けていった。


翌日。

加門はまた西の丸の庭へと足を向けた。

昨日と変わらず、廊下を人々が行き交っている。

薬湯を持つ者、湯桶《ゆおけ》を運ぶ者、薬の袋を抱えた者などが、長い廊下ですれ違う。

よくはなられていないようだな……。加門は眉間を狭めた。

「父上」

草太郎が背後から寄って来た。

「大納言様はまだご回復のごようすはないのでしょうか」

ふむ、と加門は横目で息子を見る。

「そうさな、御殿のようすからして、まだのようだ」

「なにかに食べ物に当たったのでしょうか。春は貝毒も増えますし」

「うむ……貝毒であれば質《たち》が悪い、下手《へた》をすれば命も取られる。が、貝毒が増えるのはこれからだ。そもそも、毒に当たることを避けるために、上様やお世継様の御膳に貝が出されることはない」

「えっ、そうなのですか」

「うむ、むしろ、野菜ものが危険だ。毒のある青物をそうとは知らずに食することもあるからな」

「はい、以前、医学所に、水仙《すいせん》の葉を韮《にら》と間違えて食ってしまった男が運び込まれたことがありました。腹は痛むし吐くしで、大騒ぎでした」

「うむ、あれはよく間違いが起こるのだ。だが、葉はまだましだ、大方は吐いてしまい、さほど重くはならない。恐ろしいのは根だ。毒が強いゆえ、百合根《ゆりね》と間違えて食ってしまうと、死んでしまうこともある」

「そうなのですか」

「ああ、草の毒は、味ではわからぬゆえ、恐ろしいのだ」

父の言葉に、草太郎は、ううむ、と唸る。と、父をちらりと見た。

「まさか……」

と、声に出しかけて、呑み込む。

父も、制するように、目顔を向けた。


さらに二日後の二十四日。

詰所に再び足音が鳴った。

「大変だ」

高橋が飛び込んで来た。

「だ、だだ、大納言様が……」

その青く引きつった顔に、皆が腰を浮かせる。

「家基様が、お、お亡くなりに……」

高橋がよろめいて、膝を落とす。

「な……」

「なんだと……」

震える声が、輪になってつながる。

「まさか……」

「馬鹿な……」

「そのようなこと……」

呆然《ぼうぜん》とした目顔が、それぞれに交わされていった。

二

御庭番詰所に、常よりも多くの仲間が集まった。

すでに三代目となっている家も少なくなく、若い御庭番もいる。普段は西の丸御殿に詰める川村らも来ていた。

加門は皆を見た。加門はすでに年長者となり、多くの探索を行ってきたこともあって、皆から敬意をはらわれている。

手にしていた紙を、加門は広げた。

「大納言様のお鷹狩りの記録を記してみた。読み上げる。まずは十月二日、御成は中野、お供は吉川殿と草太郎。同じく二十七日、御成は浅草、お供は川村殿、十一月は十三日、御成は亀有《かめあり》、お供は村垣《むらがき》殿、同じく二十五日、御成は千住、お供は西村殿、十二月は九日、御成は西葛西、お供は古坂《こさか》殿、同じく二十一日、御成は千住、お供は中村殿、明けて八年一月九日、御成は小松川、お供はまた川村殿、同じく二十一日、御成は二《に》の江《え》、お供は高橋殿、二月は四日、御成は目黒、お供は明楽殿、これで間違いあるまいか」

うむ、と皆が首肯する。

加門は紙を下ろした。

「お供の際、なにか変わったごようすに気づかれた方はおられぬか」

皆は顔を見合わせて首を振った。

「いつもとなんら、お変わりはありませんでした」

「うむ、御気分も晴れやかと見えた」

「周りにも、なにも怪しい気配はなく……」

口々に、言う。

「ひと月に二回ずつ、お出ましになっていたのですから、ご壮健でなければありえないかと」

「うむ、いずれも大納言様ご自身から望まれての御成だ、ご気分がすぐれぬようであれば、とりやめていたであろう」

「ご一行もいつもと変わりありませんでした」

　ふうむ、と古坂が唸る。

「変事はなかった、ということですな」

　横で村垣が首を振った。

「変事がなかったのに変事が起きた、ということが変事というもの」

「うむ」

「まさに」

　周りから声が起こる。

　吉川孝次郎が、「あのう」と皆を見る。

「医師らはなんと言っているのでしょう」

　加門は眉を寄せた。

「病についてはなにも聞こえてこない。わからぬ、ということらしい」

　ふうむ、と倉地が腕を組む。

「江戸きっての名医が揃ってもわからぬ、か」

奥医師は本丸からも呼ばれ、医官も集められた。

それは医師らの要望でもあった。すぐに治る病であれば、医師は自分の手柄とするために、人には診せない。が、大事になりそうな場合には、責めを己だけが負うことを避けるため、他の医師も呼ぶのが常だ。

「十八歳のお若い身で、それも壮健であられたのに……」

村垣のつぶやきに、皆が唾を呑み込む音が鳴った。

迂闊《うかつ》なことは言えない。誰もが、言葉を喉元で呑み込んだのがわかった。

加門は紙をたたんだ。

「変わったことはなかった、と……これは御老中にお伝え申そう。このような折では、上様からの御下命はないであろうし、御老中方もご多忙になられよう。だが、我らとしても、ただ命《めい》を受けるのを待つのみでは不甲斐《ふがい》なきこと。それぞれ、耳目《じもく》を働かせ、気になることを見聞きした折は、伝え合うようにいたそう」

「うむ、承知」明楽が立つ。

「わたしは東海寺に参り、その折のようすをいま一度、確かめて参る」

「では、わたしも同道いたしましょう」

古坂も立つ。

「なれば、わたしは城中を見まわりに」

倉地が続くと、

「わたしは御三卿のお屋敷を……」

「では、わたしは町のようすを……」

続々と詰所から出て行く。

皆、じっとしていられない足取りだった。

残った加門に、吉川孝次郎と中村勝之進、そして草太郎が寄って来た。

孝次郎がささやくように言う。

「病でないとしたら……誰なのでしょう」

加門は滅多なことを言うな、と目顔で制す。が、勝之進がささやき返した。

「田安家はすでに、定国様も定信様も養子に出られて、男子はいない」

「では、清水家……」

孝次郎のつぶやきに、黙っていた加門も口を開いた。

「確かに、重好様は上様の実弟であられるゆえ、跡継ぎとしてはふさわしい。だが、お歳を考えると難しい。上様がいずれご隠居されるとしても、そのときには重好様もそれなりのお歳になっている。そして、御子がおられないのが問題となる」

ふむ、と勝之進は顔を寄せてくる。

「なれば一橋家……すでに男子が三人もおられる。まだ幼年でもあるし、上様の養子となるには、最も適していよう」

耳を澄ませていた草太郎が、唾を呑み込んだ。

「されど、そのようなことが……」

孝次郎が顔を歪める。

「史実を見れば、これまでにもさんざん……」

加門は咳を払って、それを遮った。

「そこまでだ。軽々な物言いは控えることだ」

「はい」

若い二人は首を縮める。

「だが」勝之進は首を振る。

「変事であるのは確か……」

加門もそれには頷きながら、草太郎を見た。

「今宵はお城に泊まる。戻って母上にそう伝えよ」

「はい」

草太郎は、拳を握っていた。

夜になっても、城には普段の静けさは戻らなかった。

宿直として残った者らが、廊下を行き交う足音が鳴る。

加門はその廊下を進み、そっと意次の部屋へと入った。

意次はきっとお城に泊まる。そう思いつつ、加門は端座する。

若い頃から、意次は屋敷に戻らないことが多かった。家重の頃には、月の半分以上を城で寝泊まりしていたものだった。それを思い出しながら、加門はじっと待つ。

やがて、重い足音が近づいて来て、少し開けておいた襖に、手がかかった。

「加門か」

入って来た意次の顔には、疲れが色となって浮かんでいた。

息を吐きながら、加門と向かい合う。

「上様はいかがか」

身を乗り出す加門に、意次は顔を振った。

「悄然《しょうぜん》としておられる。御膳には手をおつけにならぬし、おそらくお床についても眠ることはおできになるまい」

そうか、と加門は片手をついた。

「いや、当然のことか……よもや、このようなことが起きるとは……」

「うむ、正直、わたしとて同じ……眠れそうにない」

意次はうなだれた。

加門は息を呑み込む。

家基の生母である於知保《おちほ》は、意次が側室として選んだ女人だ。

そもそも、家治は正室とのあいだに姫しかいなかったため、跡継ぎの不在が重臣のあいだで案じられていた。意次が側室を置くことを勧め、家治もそれを承知したため、二人の側室が選ばれたのだ。一人は意次が選んだ於知保で、もう一人は大奥で選んだお品《しな》だった。

やがて、二人ともに男子を産んだが、お品の産んだ男子は生後ほどなく、夭逝《ようせい》。於知保の産んだ男子はすくすくと成長して、家基という名を賜ったのである。

家基は意次にとっても、我が子以上に大切な御子だった。

意次の息が漏れる。

しばし、その息づかいを聞いたのち、加門は口を開いた。

「御庭番を集めて、お鷹狩りのようすを訊いたのだが、十月から家基様にはなにもお変わりはなく、周りにも常ならぬ気配はなかったということだ」

そうか、と意次はうなだれた顔を上げる。

「こちらに御側衆から上がってきた報告も同様であった。いつもと同じ、であったというのに……なにが、起きたのか」

「その場にいた奥医師の池原殿は、なんと言うたのだ」

「病を判じることはできなかったそうだ」意次は加門を見つめる。

「そなたはどう思う、たとえばなにか……毒のような物を使われたとしたら、わからないこともあるのか」

加門は小さく頷く。

「わたしも毒にはくわしくないが、その場でわかるとは限らない。食してしまえば、吐きでもしない限り調べようがないだろう。ましてや腹痛だと、そのうちに治るだろうとすぐには調べないゆえ、命を落としたときには、証となる物は残っていなくても不思議はない」

意次がまた息を吐いて、首を振った。

「ああいや、そのようなことはあるまい。いったい、誰がやるというのか……」

意次は天井を見上げた。

加門は目を逸らす。その耳に、足音が聞こえた。

襖の向こうから、小姓の声が上がった。

「主殿頭様、上様がお呼びでございます」

「うむ、参る」

腰を上げる意次を、加門は見上げた。

振り返って目顔を送ると、意次は廊下へと出て行った。

三

三月上旬。

家基の棺は寛永寺《かんえいじ》へと運ばれて行った。

その死はまだ公《おおやけ》にされていない。将軍の死はほぼひと月後に公表されるのが常だ。家基は将軍ではないにしても、世子としてそれに準じた対応がされていた。寺に移送されてのち、さらに日を経てから葬儀が行われる。その葬儀の日が公表の日でもあった。

しかし実際は、葬送によって江戸中に知れ渡っていた。

家治から葬儀の差配を命じられたのは意次だ。

加門は廊下の片隅から、表と中奥を行き来する意次をしばしば窺った。

その面持ちには、疲れ以上に失意が表れていた。

なんということか……。加門も失意の溜息をつきながら、顔を伏せた。

いや、うなだれていてもしょうがない……。そう思い直して、加門は城から町へと出た。

すっかり馴染んだ神田新銀町の吉兵衛長屋へ入ると、おや、と足を止めた。

いつも開け放たれている戸が閉まっている。

「与平」

と、声をかけても返事はない。

「出かけてますよ」隣の戸が開いて、女が顔を覗かせた。

「最近は出歩くことが多くて……」

「ふむ、そうか」

加門は礼を言って、長屋を出る。ひとまわりしてもう一度戻るか……。

考えつつ歩いていると、前から手が上がった。

「宮地様」

与平が駆けて来る。

「おう、与平、ちょうどそなたを訪ねて参ったところだ」

「そうでしたかい、いや、あっしも宮地様にお会いしたくて、お城の周りをうろうろしたりしてたんでさ。宮地様、大納言様はほんとにお亡くなりになったんですかい」

うむ、と加門は頷く。

「いってえ、誰がやったんです」

その言葉に、加門は慌てて辺りを見まわし、しっ、と与平の口の前に手を上げる。

「なぜ、そのような……」加門は左右を見て、与平の袖を引いた。

「参ろう」

近くの料理茶屋に、与平を伴った。

奥の角部屋に入ると、加門は膳を挟んで与平と向き合った。

与平は前に置かれた膳を横にずらして、間合いを詰めてくる。

その口を開こうとするのを制して、加門は「まず」と、言葉を放った。

「順に聞く。そなた、十月二日のお鷹狩りに参ったであろう」

「へい、行きやした。宮地様に教えてもらったんで……いけませんでしたか」

「いや、それはよい。そのあとのお鷹狩りはどうした」

「はあ、六回行きました」

与平は指を折る。十月二日以降、家基は都合、十回のお鷹狩りに出ている。

「年末と年明けは都合がつかなかったんですが、十一月も二月も行きやした」

「二月の二十一日もか」

「へえ」

「よく御成の日がわかったな」

「はあ、そいつは、御門の役人から聞いたんで。常盤橋御門《ときわばしごもん》の門番に作った根付けをそっと渡したら、教えてくれるようになりやした」

「そうか、そなた、遠目で見ていたのであろう、なにか、気がついたことはなかったか」

なにか、と与平は首をひねる。

「いんや、とくになにも……大納言様はいつもお変わりなく馬に乗られ、御拳場でも普段どおりに鷹狩りをなすってやした。離れていても、ご一行の声やら気配やらはわかるんで」

「そうか、最後の二月の二十一日はどうであった」

「あの日もいつもどおりで……あの、宮地様……」与平は膝で進み寄る。

「やっぱし、あんときだったんですかい。お寺に入ったあと、いつまでも出てらっしゃらねえんで、あっしは帰ったんでさ。したら、つい先日聞いたんですが、あのお寺にお城から乗物が迎えに来たってえ話で……」

加門は目を伏せた。街道を行き来したのだ、見ていた者は多いだろう……。

「あの」与平が首を伸ばす。

「大納言様は毒を盛られたんじゃねえんですかい。みんなもそう言ってまさ、いんや、あっしだってそう思う、あんだけ元気でおられたのに、それも若いってえのに、突然、ぽっくり逝《い》くなんて、おかしいにもほどがあらぁ」

目を開け、加門は与平を見つめた。

「そう思うか」

「思いまさ、江戸中、みんな、言ってますぜ」

加門は天井を見上げる。

家基は十回のお鷹狩りを、それぞれ別の御拳場で行った。よほどお気に召されたのだろう、と加門は思う。いろいろな御拳場を見たかったに違いない。そして、それによって、御成行列は多くの者らに見られることになった。

十の道筋で、人々は若き跡継ぎの元気な姿を見たのだ……。

「そのような噂が広まっているのか。だが、それはあくまでも噂だ」

加門の言葉に、「けど」と与平は顔を歪める。

加門は首を振る。

「いや、しかし、そのような噂が流れていること、知れてよかった。さあ、膳が冷めるぞ」

手で膳を示す。

へえ、と与平は箸を取った。

お、うめえや、とつぶやきながら、かまぼこを口に運ぶ。

それを飲み下しながら、与平は酒を含む加門を見た。

「あのぅ、公方様はどうしておられるんで……」

「うむ……ご心痛いかばかりか……ここだけの話だぞ、御膳も召し上がらず、夜もお休みになれないようだ」

「ああ、やっぱし」与平が箸を置く。

「公方様だって人の親……大事なお世継ぎ様をそんなふうに亡くされたら、普通でいられるはずがねえ……そう思って心配だったんでさ。ましてや、公方様はあっしにすら情けをかけてくだすったおやさしいお方ですし」

加門は黙って頷く。

「それと……」与平も酒を含んだ。

「田沼様は……大変なんじゃねえですかい」

「うむ、ご心痛はご同様だ」

はあ、と首を振る与平に、加門は手を上げた。

「さ、食うがよい、あまりゆっくりもしておれん」

へえ、と与平はまた箸を動かした。


与平と別れて、加門は屋敷への帰途についた。

町をゆっくりと歩きながら、人々の声に耳を向ける。

耳は自然に、公方様、大納言様、などのささやきに向く。

「大納言様が毒を盛られたってえ話、聞いたか」

加門の耳が引っ張られた。

「おう、聞いた聞いた」

そう言葉を交わす二人の町人のあとに、そっと付いた。

右側の男が隣の男の耳に口を寄せる。

「毒を盛ったのは田沼様だってぇ噂だぜ」

加門の息が止まった。

「ええっ」左の男が顔を逸らす。

「そらぁ、ほんとかい」

加門は唾を飲み込んだ。

「いや、聞いた話だけどよ」

右の男が肩をすくめると、左の男は顔を振った。

「へえ、けど、なんでまた田沼様が」

「さあ、おいら達にはわかんねえ裏があんのかもしれねえぜ」

加門の拳が強く握られる。

落ち着け、と己に言い聞かせる。

男二人は辻を曲がった。

加門は拳を握ったまま、通り過ぎた。

なんと、と口中でつぶやきながら、加門は足を止め、辺りを見まわした。

どこから、そのような噂が……。

前から来た娘が、加門の顔を見て、慌ててよけた。

はっと、加門は顔に手を当てる。力がこもり、引きつった頬を撫でてほぐすと、加門は再び歩き出した。

四

数日後。

加門は町から御用屋敷へと戻った。すでに暮れて、辺りは暗い。

屋敷の手前で、加門は背後から走り寄る足音に振り向いた。

草太郎と孝次郎が走ってくる。

「おう、二人一緒であったのか」

「いえ、そこで会ったのです」

草太郎が言うと、孝次郎が頷く。

「草太郎殿の姿が見えたので、追いつきました」

「そうか、ご苦労であった、さ、中へ」

加門は二人を伴って屋敷に上がった。

奥の部屋で向き合うと、加門は改めて年若の二人を見た。

草太郎はもとより、千江と夫婦になった孝次郎もすでに義理の息子だ。その気安さゆえに、探索を命じていた。

「して、いかがであった」

父の問に草太郎が眉を寄せた。

「この数日、町のあちらこちらを巡りましたが、どこでも同じような噂を耳にしました。家基様は毒殺された、犯人は田沼様だ、というものです。田沼様にとって、家基様は邪魔だったのだ、という内容です」

「ええ」孝次郎が受ける。

「わたしも聞きました、家基様が将軍を継げば、これまでのように好き勝手できなくなるからだ、と」

「まったく、なんというでまかせを」

口を曲げる加門に、草太郎も口惜しそうに頷く。

「はい、こちらはなにも言わず、ただ、耳を澄ませるだけでしたが、思わず口を差し挟みそうになりました」

「同じです」孝次郎が身を乗り出す。

「わたしも聞いていて、なにを馬鹿なことを、と怒鳴りたくなるのを我慢するばかりでした。今、草太郎殿が語った噂話、わたしも同じものを聞きましたが、出所は大奥だ、というのです」

ああ、と加門は頷く。

「それはわたしも湯屋《ゆうや》で聞いた。大奥からと言えば、いかにもまことしやかに聞こえるからな、人はますます信じてしまうであろう。だが、我らにとっては、その話で噂が根も葉もないでたらめだという確信になる」

「はい、大奥からなどと、そのような話、出るはずはありません」

「ああ、ありえぬ。大奥はこれまでのどの御老中よりも、田沼様を信頼し、頼みとしているのだ」

加門は拳で膝を叩く。

草太郎は畳に手をついた。

「わたしは心底……腸《はらわた》が煮えくりかえるとは、こういうことを言うのだと初めてわかりました。家基様が田沼様にとってどれほど大事なお方であったか、町の者らはなにもわかっていないのです」

「ああ、まさに」孝次郎が頷く。

「それを真であるかのように、訳知り顔で語るのを見ていると、ほんに、腹の底からかっかと熱くなりました」

ふむ、と加門は腕を組んだ。

「いずれも質《たち》の悪いでまかせ。なのにすでに川向こうの本所深川にも広まり、町人も浪人も、いずこかの藩士らでさえも話していたのがよけいに腹立たしい」

「はい、わたしも身分にかかわらず話すのを聞きました」

孝次郎が頷くと、草太郎が「あっ」と声を洩らした。

「そういえば、気になる男がいました。今、聞いて来たばかり、という口ぶりで湯屋で話していた者です。その者、三日後にも水茶屋で同じ口ぶりで話していました。同じことをなぞるように話すので、気にかかってあとを付けたのです」

「ほう、どのような男だ」

「遊び人という風情でした。あとを付けたところ飯屋に入って、そこで店の者から三次と呼ばれてました」

「三次」

加門は腕を解く。与平の所に来ていた兄弟子が三次という名だったな……。顔を思い出そうと、目を閉じる。これといって目立つところのない面立ちだったが……。

「あっ」と目を開けた。

「その男、左右の目の大きさが違っていなかったか」

「はい」草太郎が指で目をさし示す。

「右目の瞼が重く、細い目をしていました」

「おう、それだ、間違いない」

加門は手を打った。

「何者ですか」

孝次郎の問に加門は口を曲げた。

「知っている金工師の兄弟子であった男だ。今は無宿人になっている。よし、その男はわたしが調べる」

加門は二人を見た。

「真、ご苦労であった。孝次郎殿、さ、屋敷に戻られよ、千江も待っておろう」

「では、義父上《ちちうえ》、これにて」

孝次郎は面持ちを弛めると、退出していった。

残った草太郎は、父に向き直る。

「噂の出所はどこなのでしょう」

ふうむ、と加門は目を眇めた。

「まず、疑うべきは武家だ。町衆の噂は、真の出来事に尾鰭《おひれ》がついて広まるものが多い。だが、こたびの噂はでたらめばかりだ、いつもの噂とは異なる」

「なるほど、そうですね、大奥から漏れ出た、などというのも町人ではあまり思いつかないかと。しかし、武家とは……」

目顔で問う息子に、加門は声をひそめた。

「考えられるのは田安家……もしくは、松平家に行かれた定信様ご自身……」

草太郎は目顔で「やはり」と頷く。

加門は眉間を狭めた。

「定信様の養子の一件で、田安家は意次のことを恨んでいる。田安家を継いだ春察《はるあき》様が亡くなったあと、定信様の養子を取り消してくれと懇願《こんがん》したのに拒否された、とな。家基様が亡くなられたことで、あのとき養子を取り消してくれていたら、と新たに恨みを募らせても不思議はない」

「もしも、定信様が田安家に残られていたら、将軍になる目もあったのでしょうか」

「あったかもしれぬな。残っていれば田安家の当主となっていたはずだが、当主を退いて将軍となり、子に田安家を継がせればよいのだ。ご自身も父君と同じで英明と評判を取っていたゆえ、己こそが将軍にふさわしいという自負もお持ちであろう」

「将軍……」草太郎がつぶやく。

「松平家を継ぐのとでは、天と地ほどの違いですね」

「うむ、当人がなるのは無理でも、子を将軍に付ける、という道もあったであろう。それはそれで田安家の名誉となるからな」

「なるほど、それを考えれば、口惜しいでしょうね」

「ああ、それゆえに、養子取り消しを認めなかった意次を恨んでも不思議はない。真はあの一件、一橋家の治済様の意向を汲《く》んでのことだったが、それは伏せられているからな」

「はあ」と草太郎は天井を見る。

「そう考えれば、腑に落ちますね」

「いや」加門は首を振る。

「これはあくまでもわたしの考えにすぎぬ。証はなにもないのだ」

「この噂」草太郎は顔を戻した。

「消すことはできるのでしょうか」

　いや、と加門は顔を歪めた。

「一度、町に流れ出た噂をせき止めることはできん。だが、悪意を持って吐き出す口があるのであれば、それ以上流さぬように、封じねばならん」

父の言葉に、草太郎はまっすぐに見つめ返し、頷いた。


神田新銀町、吉兵衛長屋へと加門は足を速めた。

今日は与平の戸口が開いている。

「与平、いたな、入るぞ」

土間に立った加門は、上げられた与平の顔を見て、息を呑み込んだ。

「どうした」

左の瞼は腫れ、頬も青く痣《あざ》になっている。

「あ、これぁ」

与平は顔に手を当てる。

「誰にやられた」

近寄る加門に、与平は手を見せた。

「けど、手は守りやした」

「もしや、三次か」

加門の問に、与平は「へえ」と目を丸くする。

「さいで……よくおわかりで」

「なにがあったのだ」

加門が顔を寄せると、与平は肩をすくめた。

「へえ、三次さんが来て、とんでもないことを言ったもんで、あっしは頭にきて、殴りつけたんでさ」

「なにを言ったのだ、ああいや、大納言様の毒殺のことか、犯人は田沼様だと」

「へい、そうでさ、その噂、ご存じで」

「うむ、町で聞いた」

頷く加門に、与平は腰を浮かせる。

「三次のやつ、お世継ぎ様が邪魔になった田沼様が毒を盛ったんだって言いやがったんでさ。これは大奥から洩れてきた話だから確かだって、訳知り顔で……けっ、冗談じゃねえや、おいら、なんの証拠があってそんなことを言いやがるんだって、腹が立って、思わず殴っちまったんでさ」与平は殴ったらしい右手を撫でる。

「あのやろう、なんにも知らねえくせに、えらそうにべらべらとしゃべりやがって……だから、あっしは田沼様を知っているんだって、そんなお人じゃないって言ってやったんで」

「そうか」加門は与平には目を細めるも、顔を歪めて問う。

「それで、その三次は誰にその話を聞いたか、言っていたか」

「いえ、そんな話になる前に殴り合いになっちまったんで」

「ふむ、では、三次は今、どこにいるかわかるか」

はあ、と与平は首をひねる。

「あれからうちには来ねえから、たぶん、松吉《まつきち》兄さんのとこだと思いやす。堺町《さかいちょう》の裏店を借りてるってえ話でさ」

「堺町か、わかった」

加門は懐から手拭いを出し、与平に差し出した。

「ちょうど下ろしたばかりだ。顔をよく冷やすがいい」

へ、と与平が受け取る。

「こら、ありがとうござんす」

加門は笑顔で頷いて、外へと出た。

五

着流しの浪人ふうを装って、加門は堺町を歩いた。

すでに四日目だ。松吉の家はつきとめ、三次が出入りするのも確かめた。一昨日はあとをつけたものの、岡場所に上がって出て来なかった。

ゆっくりと家の前を通り過ぎ、辻で立ち止まる。横目で見ていた加門は、あ、と口を開けた。

三次が現れたのだ。

表へと歩いて行く。

加門は向きを変え、そのうしろ姿を追った。

与平の家で会ったときには、こちらは陽を背にしていたため、三次は顔を見ていないはずだ……。加門は考える。そのあとすれ違った折も、三次は顔をそむけていた。おそらく覚えてはいまい……。

間合いを詰めつつ、加門はあとに続く。

やがて三次は、一軒の店に入った。飯屋だ。

加門も遅れて入る。

見ると、三次はすでに小上がりに腰を下ろしていた。一人の侍と向かい合っている。

加門は背を向けて、その小上がりに座った。

「まあ、好きな物を食え」

侍の声に三次が、

「酒もいいですかい」

と、返す。

「おう、飲むがいい」

侍は店の者に注文する。

加門も酒と肴《さかな》を頼むと、じっとうしろに耳を澄ませた。

「旦那」三次の声だ。

「また、新しい話はありますかい」

「おう、ある、田沼意次がお世継ぎ様を消したのは、厄介に思ってのことだったのだ。今の公方様は、絵ばかり描いて御政道はまかせきりだ。しかし、家基公は御政道に関心をお持ちであった。田沼意次の政を悪政、と嫌っておられたのだ。ゆえに、将軍の座を継ぐ前に、と策を巡らせた、というわけだ」

加門は唇を噛んだ。腹の底が熱くなってくる。

なにを馬鹿なことを……。振り返りそうになる身を、加門は必死で抑えた。家基様はまだ政などさほどわかるお歳ではなかった。嫌うもなにも、そこまで関わってはいない……。

「へぇ」三次が身体を揺らすのが伝わって来た。

「とんでもねえ悪老中だ」

加門は腹に力を込める。落ち着け、と己に言い聞かせた。

侍は同じような話を繰り返し、三次は相づちを打ちながら飲み食いをしている。

加門はその相づちに、ふむ、と思う。三次はさほど熱がこもっていない。飲み食いが目当てか……。

店の戸が開いた。

いかにも無宿人らしい男が入って来た。

無宿人の扱いは結局、金山送りも取り締まりも、大した効果がないままにあやふやになっていた。

「よかった、いやしたね、山瀬《やませ》の旦那」

その無宿人が侍と三次に近寄って行く。

侍は山瀬というのか、と加門は名を耳に刻んだ。

「そいじゃ、あっしはこれで」

三次が小上がりから降りて、店を出て行く。

代わりに上がり込んだ無宿人に、山瀬はまた同じ話を繰り返した。

無宿人は遠慮もなく、飲み食いをしている。

ひとしきり話がすむと、その男も出て行った。

加門は、そっと振り返る。

わざと山瀬と目を合わせた。そして、くるりと膝をまわした。

「ちょっと耳に入ったのだが」

加門は腰で進むと、いかにも崩れた浪人ふうに半身を傾けた。山瀬に向かって、顔の右側だけで笑ってみせる。と、山瀬も同じようににやりと笑った。

「酒を飲まれるか」

「お、よいのか」

加門は身体をまわして、自分の前に置いてあった盆を引き寄せた。

「こちらはこれでな」と、空になったチロリを振ってみせる。

「ふむ、好きなだけ飲まれよ」

山瀬が歪んだ笑いのまま、酒を頼む。

加門は上目で山瀬を窺った。どこかの家臣のように振る舞っているが、浪人だな、と思う。長く浪人をしていれば、振る舞いや声がどこか崩れるものだ。

「いや」加門も口を歪めて笑う。「聞くともなく耳に届いたのだが、田沼意次というのは、ひどいものだな」

「おう」山瀬も身を傾けた。

「いかにも。さすれば、わたしも放ってはおけぬと、皆に知らせているのだ」

「ほう、世のため、ということか」

「そうよ、世直しだ。城中の悪事を、町に広めてやらねば、世はいつまでも変わらんからな」

山瀬は胸を張る。

その膨らんだ鼻を見て、加門は、なるほどと、腑に落ちた。この男、心底からそう思っているのだな……。

「それは高い心意気……しかし、よく城中のことを知っておられるな」

うむ、と山瀬は身を乗り出した。

「わたしはお城のお方から信を受けているのでな、いろいろと伝わってくるのだ」

ほほう、と加門は感心してみせる。

「それゆえにくわしいのだな」

「さよう」

また胸を張る。

加門は運ばれてきた酒を含みつつ、考えを巡らせた。三次らは噂のばらまきに使われているだけ、そしてこの山瀬もまたいいように利用されているだけ。やはり、この仕組みか……。家重公の頃にも、貶《おとし》める噂が、同じように広められたのを思い出していた。

「老中のなかでも田沼意次というのは、御政道を好き勝手にし……」

山瀬は出まわっている噂を語る。

ほうほう、と加門は相づちを打つ。

その背中に、また戸が開く音がした。

「あ、山瀬様だ、こらぁついてる」

二人の町人が寄って来る。

「ああ、では、わたしはこれで。馳走《ちそう》になり申した」

加門が腰を上げると、

「払いはこちらにつけてくれ」

山瀬は酒で赤くなった顔を店主に向ける。

「これはかたじけない」

加門は小上がりを降りた。

男らの声を聞きながら。加門は飯屋を出た。


町人や浪人に姿を変え、加門は山瀬のいた飯屋に通った。中には入らずに、出入りするようすを見ていた。

山瀬は気づかない。

夕刻になり、店を出た山瀬のあとをつける、ということを繰り返した。浪人と踏んだとおり、住まいはやはり長屋だった。

五日目、着流しの浪人姿で加門はまた飯屋に行った。店が見える道を、行きつ戻りつして見張る。と、山瀬はいつもよりも早くに店を出て来た。

足を向けたのは、長屋ではない。

どこへ行くつもりだ……。加門は、そのあとを歩く。

山瀬は上野《うえの》の広小路を通り抜け、上野の池之端《いけのはた》も通り過ぎた。

その先で、横道に入って行く。その先にあるのは、根津権現《ねづごんげん》だ。

辺りは岡場所が多く、男達が行き交っている。

しかし、権現の境内《けいだい》は人影がまばらだ。すでに暮れはじめたため、参拝客の姿はない。

そのがらんとした広い境内を、山瀬はすたすたと歩いて行く。

誰かと会うのか……。加門はそう思いつつ、社殿の前で立ち止まり、参拝のふりをした。

横目で姿を追うと、山瀬は社殿のうしろにまわって行った。

加門もそっと追う。が、社殿の角、手前で立ち止まった。

耳を澄ませると、男の声がした。山瀬ではない。

「よう働いたようだな、少し色をつけておいたぞ」

金を渡したのか……。加門は息を吞む。

「は、これは……」山瀬の声だ。

「世直しを仕事にできるだけでも誉《ほま》れ、さらにお気遣いいただき、恐縮にございます」

ふむ、と加門は思う。そもそもが世直しと偽って山瀬を操ったのか……巧妙な手口だ。加門は息を吸う。相手の顔を見るか、と、足を踏み出した。通り過ぎるふりをして、横目で見ればよい……。そう考えて社殿から身を離した。

と、歩き出したその背後から、声が飛んできた。

「お侍様」若い男がやって来る。

「お上がりなら、是非、うちに……いい娘がおりますよ」

いかにも岡場所の男らしく、手を揉んで笑みを見せる。

加門はくっと、口を曲げた。

「なんだ」

裏にいた男の声が上がり、足音が立った。

武士が加門の前に現れた。

薄闇で顔はよく見えないが、睨みつけているのはわかった。

加門も思わずその姿を見る。

互いの張った気が交差した。

武士は、山瀬を振り返った。

「馬鹿め、付けられたな」

ひっ、と声を上げたのは岡場所の男だった。顔を引きつらせて、走り去って行く。

武士が山瀬に顔をしゃくる。
「斬って捨てろ」
は、と山瀬は歩み寄って来る。
柄に手を掛け、山瀬は両足で踏ん張る。
鯉口《こいぐち》を切ると、大きな口を開けた。
「や、やあぁっ」
上段に構える。が、身体は揺らいだ。
大した腕ではないな……。加門も刀を抜いた。
こやつを倒して、あちらを抑えよう……。加門は目だけで武士を見る。
「てえいっ」
声が上がり、山瀬の足が地面を蹴った。
振り下ろされる白刃を、加門の刀が弾く。
その勢いで刃をまわし、加門は山瀬の肩に打ち込んだ。
呻き声とともに、山瀬の動きが止まる。が、足で踏ん張ると、構え直した。
突きの構えになり、声を張り上げた。
加門は隙のできた脇腹を狙う。

突っ込んできた山瀬に、峰で打ち込んだ。
身を折り、膝も折れかかる。
と、武士が動いた。
素早く抜刀し、地面を蹴る。
加門は身構える。
が、武士の刀は山瀬に向いた。
空《くう》を切り、刃は山瀬に振り下ろされた。
「よせっ」
加門が踏み出す。
が、武士の刃は袈裟懸《けさが》けに、山瀬の背中を斬った。
血しぶきが飛び、山瀬の目は見開く。
武士は背を向けると、抜き身のまま駆け出した。
「待て」
追おうとする加門の前に、山瀬が崩れ落ちた。
くっと、加門はその身体に手を入れる。
「しっかりしろ」

山瀬の目が動く。
加門はそれを覗き込んだ。
「あの者は誰だ、名はなんという」
山瀬の口が動く。が、音は出て来ない。
目はすでに宙を見ている。
口を封じられたか……。
「おいっ」
揺する加門の手が、突然、重くなった。
だめか……。加門はそっと、地面に下ろした。
遠くから人の声が聞こえてくる。
役人か……。足音の鳴るほうを向いた。
説明せねばなるまい……。
加門は大きく息を吐いて、刀を納めた。

六

四月。

家基の葬儀がすみ、城中にやや落ち着きが戻った。

それを見計らって、加門は意次の部屋を訪れた。

意次は加門から手渡された報告書を広げる。

町に流れた噂などを記したものだ。

文字を追うにつれて、意次の眉間が狭まっていく。

加門は顔を伏せた。耳に入れたくない、という思いが筆を持つ手をためらわせたが、いや、と己に首を振りつつ書いたものだ。これは知らせなくてはならない……あるがままに伝えるのが役目だ……。

目を上げた意次が溜息を落とす。

「いや、悪い噂が流れていることは、家臣から聞いてはいたものの、これほどであったとはな」

加門も眉を寄せた。

「聞いたときも、それを書いているときも、腸が煮えくり返りそうになった」

そうか、と意次は苦笑する。

「だが、よく知らせてくれた。敵があるのであれば、知っておかねばならぬからな」

「しかし、結句《けっく》、黒幕の身許は確かめられなかったのだ」

首を振る加門に、意次も同じくする。

「よい、知っても相手の考えを変えることはできまい」

加門は口を曲げた。

「それにしても、よくぞここまで……悪辣《あくらつ》にもほどがある」

拳を握る加門に、意次は苦笑を深める。

「源内殿がいつも言っている。世に名が出れば、妬《ねた》みが生じる。妬む者らは山師呼ばわりなどして気を晴らすものだ、とな」

「うむ、名高い源内殿だからこその実感であろう」

「ああ、ましてやわたしは政に携《たずさ》わる身、人々の恨みも受けよう。しかたのないことだ。それよりも……」

西の丸の方角を見やる意次に、加門もつられた。主のいなくなった御殿を思い浮かべ、加門は小さく首を振った。

「家の字を名にいただきながら、将軍とならなかったお方は初めてだな」

「ああ」意次は掠れた声で言う。

「十一代将軍家基様……そうなるはずであった」

まさか幻で終わるとはな……。加門は胸中で、そっと独りごちた。


加門は日本橋から神田へと向かっていた。

歩きながら、人々の声に耳をすませる。家基毒殺の噂話は、一度、聞こえてきただけだった。

江戸っ子の飽きっぽさか……。そう口中でつぶやいた。大島三原山の噴火も鎮《しず》まりつつあり、町は穏《おだ》やかさを取り戻していた。

加門は寄せていた眉を弛《ゆる》めて、神田新銀町の長屋へと、辻を曲がった。

与平の戸口から、金板を叩く音が響いている。開け放たれた戸から、加門は入った。

「与平、いたな」

「あ、こりゃ、宮地様」

手を止めて上げた顔は痣も消え、すっかり元に戻っている。

「あれから三次はどうした、まだ来るのか」

加門の問に、与平は首を振る。

「いえ、一度も。なんでもお役人に呼ばれて叱られたとかで、おとなしくなりやした。金山送りにするぞと言われて、親に手をすり合わせて勘当を解いてもらったそうでさ」

「そうか」

加門は目元を弛めた。

根津権現での山瀬の死の折、加門は役人に三次のことを告げていた。これ以上、噂を広めないよう、一人の口でも塞ごうと考えたためだ。

へへ、と与平は笑う。

「もう、金をたかられることがなくなったんで、助かってやす。あの、これも宮地様のおかげ、なんでしょうね」

「いや、おかげというほどのことではない。それよりどうだ、仕事は。励みをなくしたのではないかと、気になっていたのだ」

ああ、と与平は肩をすくめる。

「公方様の細工はもうあきらめやした。なんだかもう……」与平は城のほうを見る。

「あっしは公方様やお世継ぎ様は極楽のような暮らしをしているもんだと思ってたん

でさ。だから、あっしもそっちに近づけば、おんなじようになれるんじゃねえかと、ガキん頃から思ってて……けど、そうじゃなかった」

与平は加門を見上げて、首を振る。

「お世継ぎ様は命を取られるし、公方様だって息子を亡くして、極楽どころじゃねえ。お城のお人らだって、苦労もつれえこともいっぱいあるんだってわかったら、なんだ、あっしらと同じかと……そう思ったら、気持ちがすっきりしちまったんでさ」

与平は歪みのない笑顔を見せる。

「そうか」

目を瞠《みは》る加門に、与平は頷く。

「へい、なもんで、あっしは長屋で呑気《のんき》に生きていきやす。あ、また、仕事があったら、おねげえしやす」

ぺこりと下げる頭に加門は微笑んだ。

「うむ、またなにかあったら頼む」

加門はそう言って、長屋の土間を出た。金板を叩く音が、また響き出した。

時代小説

二見時代小説文庫

幻《まぼろし》の将軍《しょうぐん》 御庭番《おにわばん》の二代目《にだいめ》16

二〇二一年 六 月二十五日 初版発行

著者 氷月《ひづき》 葵《あおい》

発行所 株式会社 二見書房
〒一〇一-八四〇五
東京都千代田区神田三崎町二-一八-一一
電話 〇三-三五一五-二三一一［営業］
〇三-三五一五-二三一三［編集］
振替 〇〇一七〇-四-二六三九

印刷 株式会社 堀内印刷所
製本 株式会社 村上製本所

落丁・乱丁本はお取り替えいたします。定価は、カバーに表示してあります。

 ISBN978-4-576-21079-7
https://www.futami.co.jp/

氷月 葵

婿殿は山同心

シリーズ

完結

①世直し隠し剣
②首吊り志願
③けんか大名

八丁堀同心の三男坊・禎次郎は縁があって婿養子となって巻田家に入り、吟味方下役をしていたが、将軍家の菩提所を守る上野の山同心への出向を命じられた。初出仕の日、禎次郎はお山で三人の怪しげな百姓風の男たちが妙に気になった。これが世を騒がせる〝事件〟の発端であった……。姑の嫌味もなんのその、新任の人情同心大奮闘！

森詠

北風侍《さむらい》 寒九郎

シリーズ

以下続刊

①北風侍 寒九郎 津軽《つがる》宿命剣
②秘剣 枯れ葉返し
③北帰行
④北の邪宗門
⑤木霊《こだま》燃ゆ
⑥狼神《ろうしん》の森
⑦江戸の疾風《つむじかぜ》

旗本武田家の門前に行き倒れがあった。まだ前髪も取れぬ侍姿の子ども。腹を空かせた薄汚い小僧は津軽藩士・鹿取真之助の一子、寒九郎と名乗り、叔母の早苗様にお目通りしたいという。父が切腹して果て、母も後を追ったので、津軽からひとり出てきたのだと。十万石の津軽藩で何が…？ 父母の死の真相に迫れるか!? こうして寒九郎の孤独の闘いが始まった…。

麻倉一矢

剣客大名 柳生俊平《としひら》

シリーズ

以下続刊

① 剣客大名 柳生俊平 将軍の影目付
② 赤鬚の乱
③ 海賊大名
④ 女弁慶
⑤ 象《ぞう》耳《みみ》公方
⑥ 御前試合
⑦ 将軍の秘姫《ひめ》
⑧ 抜け荷大名
⑨ 黄金の市
⑩ 御三卿の乱
⑪ 尾張の虎
⑫ 百万石の賭け
⑬ 陰富大名
⑭ 琉球の舞姫
⑮ 愉悦の大橋
⑯ 龍王の譜
⑰ カピタンの銃

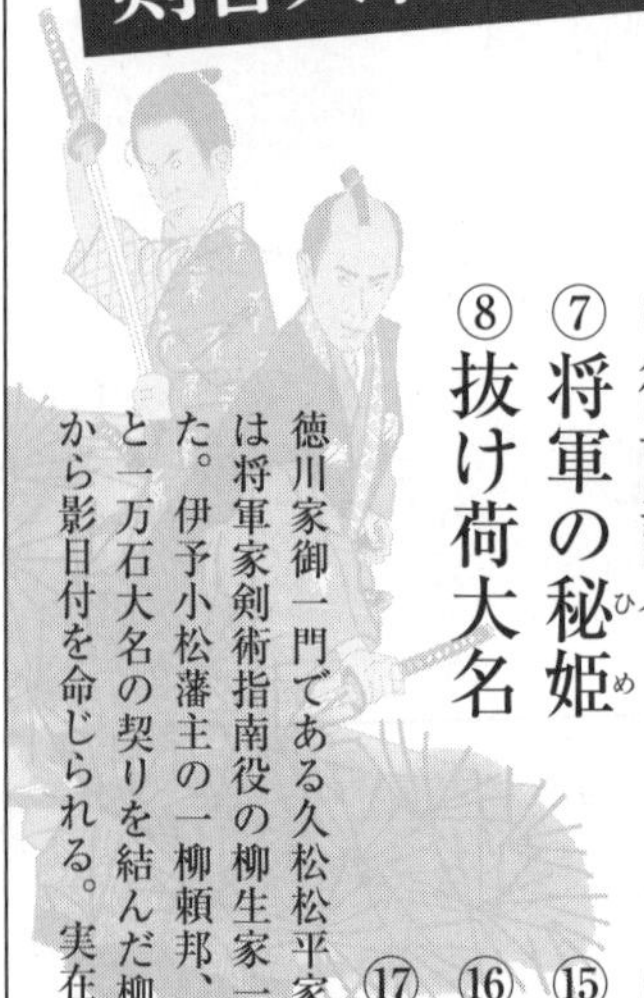

徳川家御一門である久松松平家の越後高田藩主の十一男は将軍家剣術指南役の柳生家一万石の第六代藩主となった。伊予小松藩主の一柳頼邦、筑後三池藩主の立花貫長と一万石大名の契りを結んだ柳生俊平は、八代将軍吉宗から影目付を命じられる。実在の大名の痛快な物語!

沖田正午

大江戸けったい長屋 シリーズ

以下続刊

①大江戸けったい長屋 ぬけ弁天の菊之助
②無邪気な助っ人
③背もたれ人情
④ぬれぎぬ

上方《かみがた》大家の口癖が通り名の「けったい長屋」。お人好しで風変わりな連中が住むが、その筆頭が菊之助だ。元名門旗本の息子だが、弁天小僧に憧れる傾奇者《かぶきもの》で勘当の身。女物の長襦袢に派手な小袖を着て伝法な啖呵《たんか》で無頼を気取るが困った人を見ると放っておけない。そんな菊之助に頼み事が……。菊之助、女形姿で人助け！新シリーズ！